沃尔特·特维斯 作品

天外来客

The Man Who Fell to Earth

〔美〕
沃尔特·特维斯
著

易真 译

人民文学出版社
PEOPLE'S LITERATURE PUBLISHING HOUSE

著作权合同登记号　图字 01-2021-0729

THE MAN WHO FELL TO EARTH by WALTER TEVIS
Copyright © 1963,1991, 2014 BY WALTER TEVIS
This edition arranged with SUSAN SCHULMAN LITERARY AGENCY, LLC
through BIG APPLE AGENCY, LABUAN, MALAYSIA.
Simplified Chinese edition copyright © 2023 PEOPLE'S LITERATURE
PUBLISHING HOUSE CO., LTD.
All rights reserved.

图书在版编目(CIP)数据

天外来客/(美)沃尔特·特维斯著;易真译.--北京:人民文学出版社,2023
(沃尔特·特维斯作品)
ISBN 978-7-02-018242-8

Ⅰ.①天… Ⅱ.①沃…②易… Ⅲ.①幻想小说—美国—现代 Ⅳ.①I712.45

中国国家版本馆CIP数据核字(2023)第186141号

责任编辑	张海香　翟　灿
装帧设计	刘　远
责任印制	张　娜

出版发行　人民文学出版社
社　　址　北京市朝内大街166号
邮政编码　100705

印　　刷　三河市延风印装有限公司
经　　销　全国新华书店等
字　　数　154千字
开　　本　850毫米×1168毫米　1/32
印　　张　7.625　插页3
印　　数　1—8000
版　　次　2023年10月北京第1版
印　　次　2023年10月第1次印刷
书　　号　978-7-02-018242-8
定　　价　52.00元

如有印装质量问题,请与本社图书销售中心调换。电话:010-65233595

目录

1985 年：伊卡洛斯坠落
·······*001*

1988 年：侏儒怪
·······*097*

1990 年：伊卡洛斯溺亡
·······*219*

译后记
·······*237*

献给
比我更懂安西亚❶的杰米

❶ 安西亚(Anthea):希腊语"花"之意。

1985 年：伊卡洛斯[1] 坠落

001 — 096

❶ 伊卡洛斯（Icarus）：希腊神话中艺术家代达罗斯（Daedalus）之子，在使用蜡和羽毛制成的翅膀飞翔时，因飞得太高，阳光将蜡熔化，羽毛散开，伊卡洛斯跌落水中丧生。

第 一 章

徒步两英里,他来到一座小镇。镇子边缘立着一块标识牌,上面写着:"哈尼维尔;人口:1400"。不错,这个规模正好。天色尚早,街上空无一人——他特意选择早晨的时间走这两英里,因为此时的气温比较凉爽。借着微弱的光,他穿越数个街区,陌生的环境令他不知所措——他感到紧张,甚至有些害怕。他尽量不让自己去想接下来要做的事。他已经思虑够多了。

行至一处小型商业区,他发现了自己要找的地方,一家名为"珠宝盒"的小商店。附近街角有一张绿色的木头长椅,他走上前坐下,长途跋涉令他的身体酸痛不已。

几分钟后,他看到一个人类。

一个女人,满脸疲惫的模样,套着一件皱巴巴的蓝色连衣裙,沿街拖着步子向他走来。他立刻移开视线,惊得说不出话。她看上去不太正常。他原以为他们的身材会跟自己差不多,但这个人竟然比自己矮了一头还多。她的肤色也比想象的更加红润、更深一些。那副模样,还有那种感觉,都很奇怪——尽管他也清楚:亲眼见到他们与在电视上看到他们,二者并不相同。

渐渐地,街上的人多了起来,他们的样子都和第一个家伙差不多。他听见路过的男人谈论道:"……跟我说的一样吧,他们不再生产那种车了。"虽然男人的吐字发音有些奇怪,声音也不像他想的那般清脆,但听懂其中的意思还是比较容易的。

周围有一些路人在盯着他看,少数几个还投来怀疑的目光,不过他并没有太在意。他不认为会有人骚扰自己,而且经过对四周人群的观察,他确信自己的衣着经得起任何考验。

待珠宝店开门,他先是等了十分钟,然后才起身进店。柜台后面的男人正在掸货架上的灰尘,对方身材矮小、体态圆润,身穿一件白色衬衫,打着领带。男人停下手里的活儿,用略带奇怪的眼神打量着他,随后道:"先生,有事吗?"

他觉得自己的个头儿太高了,场面一时有些尴尬。他突然感到很害怕。他想开口讲话,却一个字儿都吐不出来。他努力微笑,可整张脸就好像冻住了似的。内心深处的恐慌即将喷涌而出,一时间,他觉得自己就要昏厥过去。

男人依旧目不转睛地看着他,表情似乎没有发生任何变化。"先生,有事吗?"对方又重复了一遍。

他费了好大力气才终于开口:"不……不知道你对这枚戒指感……感不感兴趣。"就这样一个无关痛痒的问题,他不知在脑海里构想了多少回,一遍又一遍地说给自己听。然而此刻,这些言语在他耳中听来依旧如此奇异,好似毫无意义的音节拼凑在一起,感觉既滑稽又可笑。

男人还在盯着他。"什么戒指?"对方问。

"唔,"他勉强挤出一个笑容,摘下戴在左手手指上的金戒指,放到柜台上,他不敢碰男人的手,"我……开车经过这里时车抛锚了。沿着这条路走了几英里。我身上没有钱,我想也许能把自己的戒指卖掉。这个很值钱的。"

男人用两只手摆弄着戒指,打量的目光满是怀疑。最后,他开口道:"你是从哪儿搞到这个的?"

男人说话的方式令他感觉如鲠在喉。莫非是哪里出了纰漏?金子成色不足?还是钻石有问题?他再一次努力展现出笑容,"这是妻子给我的。几年前。"

男人的脸色依旧阴沉,"我怎么能确定它不是偷来的?"

"哎呀,"他总算长舒一口气,"戒指上有我的名字。"他从胸前口袋里掏出钱夹,"我有身份证明。"他拿出护照,把它放到柜台上。

男人看了看戒指,大声念道:"T.J.,玛丽·牛顿,周年纪念,1982年。"后面还有"18K"。男人放下戒指,又拿起护照,大致翻阅了一下,"从英格兰来的?"

"是。我在联合国从事翻译工作。这是本人第一次造访此地。想来这个国家看一看。"

"哦,"男人哼了一声,又看了看护照,"你说话有口音,我听得出来。"翻到证件照那页,男人念出了上面的姓名:"托马斯·杰尔姆·牛顿,"对方抬起头,"没什么问题。是你本人,好吧。"

他再次微笑,这回笑得比之前更加放松、更为真诚,但他依旧感觉头晕眼花，这感觉好奇怪——好沉重，这个地方的引力让他觉得身体像被灌了铅。但他还是尽力用开心的语气说："既然如此，你有兴趣收购这枚戒指吗？"

. . .

戒指卖了60美元，他知道自己被骗了。但对他来说，比起那枚戒指，比起自己带来的另外数百枚一模一样的戒指，此刻拿在手里的东西才更有价值。现在，他已经迈出了建立自信的第一步，更重要的是，他有钱了。

他花掉一部分钱，买来半磅培根、六枚鸡蛋、面包、几个土豆，还有几种蔬菜——食物加起来总共十磅重，这是他能携带的极限。他的出现引起了小镇人的好奇，不过没人向他提问，他也不愿回答。这些都无所谓，反正他是不会再回到这座肯塔基小镇了。

离开小镇，他感觉好多了，虽然身上的关节与后背依旧沉重无比、疼痛难忍，但总算是迈出了第一步，他开启了人生的新阶段，拥有了在美国的第一桶金。从小镇往外走了一英里，此时的他穿行在一片荒野中，目的地是一处矮丘，那里有他搭建的露营地，然而就在此时，方才经历的种种（那些奇怪的感觉、身体发出的危险信号、肉体承受的剧烈疼痛，以及持续不断的焦虑与担忧）突然一齐涌上心头，他一下子摔倒在地，顺势直接躺了下来，他的躯体与精神都在哀号，它们在反抗这片奇异陌生的外星土地施加在自己身上的种种暴行。

他生病了，病因源自这趟漫长又危险的旅途，源自各式各样的药物（那些片剂丸剂、预防接种与可吸入气体），源自内心的焦虑以及对潜在危机的担忧，更源自重力带给身体的沉重负荷。多年前他便清楚：待时机成熟，等自己最终踏上这片土地，开始实施准备已久的复杂计划时，他一定会产生类似的感觉。关于这个地方，他早有过研究，对于自己扮演的角色，他也在心中预演无数，但无论怎样研究，不管如何预演，他与这里依旧格格不入 —— 现在，他终于深切体会到了这种感觉 —— 让人难以抵御的感觉。他躺在草地上，感觉越来越糟。

他并不是人类，但与人类非常相像。他身高6.5英尺❶，当然，有的人类比他更高。他头发很白，像得了白化病，但脸部却是浅棕色，眼珠是淡蓝色。他瘦得出奇，五官精致，手指细长，肤色几乎透明，身上没有任何毛发。他的面容好似精灵，一张帅气的娃娃脸、一双聪慧的大眼睛，白色卷发现在已经长得遮住了双耳。他看起来非常年轻。

当然，还有其他不同之处，比如他的指甲是人造的，因他天生不长指甲。每只脚仅有四个脚趾，他没有阑尾，也无智齿。他没办法打嗝，因为他的膈膜组织和其他呼吸器官特别强大并且高度发达。他的胸腔在扩张时能增加约5英寸宽度。他的体重非常轻，大概90磅。

❶ 1英尺约为30.48厘米。

不过，他拥有眼睫毛、眼眉、双手拇指、双目视力，以及普通人类具备的上千种生理特征。他的身体不会生疣，但胃溃疡、麻疹和龋齿可能会对他造成影响。他具备人类的特征，但确切地说，他并不是一个人。此外，他容易受到爱情、恐惧、强烈的生理疼痛，以及自怜自哀等情绪的影响，这一点倒是跟人类很像。

半小时后，他稍有好转。只是胃部还在抽动，他感觉自己的头好像抬不起来了。第一波危机似乎已经过去，他总算可以用更加客观的视角来观察周围的世界了。他坐起身，眺望眼前的荒野。这是一片脏兮兮的平坦草场，一些地方覆盖着面积不大的棕色杂草和几簇须芒草，回冻的积雪如玻璃般点缀其中。空气非常清新，但天色阴暗，光线朦胧柔和，不似两日前刺痛他双目的耀眼阳光。前方是一片池塘，四周环绕着黑漆漆、光秃秃的树木，池塘另一边是间小屋，旁边还有一个撞击形成的坑。视线穿过树林，他能看到池塘中的水，望着眼前的景象，他屏住呼吸，好多水啊。他已经来地球两天了，之前也曾见过类似情景，但是他还没有习惯。对于诸多事物，他虽心有准备，但亲历后仍会惊讶不已，而这水，便是其中之一。当然，从孩提时代起，他便知道这里拥有广阔的海洋及河流湖泊，但在一处池塘中亲眼见到如此充沛的水量，不得不说是一件激动人心的事。

这片陌生的荒野在他眼中也变得美丽起来。眼前的景象与自己之前被传授的东西截然不同——而且他已经发现，这个世界有许多事都与自己原先的认知不同——此时此刻，包裹在外星球的色彩和纹理中，接收着全新的景色与气味，他感到了愉悦。这里的声音也叫人心旷神怡，他的听觉十分敏锐，他听到草丛中传来许许多多奇怪又悦耳的声音，听到那些挨过冬月早寒的昆虫窸窸窣窣、动静各异。现在，他又重新躺了回去，头挨着地，他甚至还听到了大地细微精妙的私语。

突然，空气中传来振翅声，黑色的羽翼冲向天空，接着又是一阵嘶哑的哀鸣，十几只乌鸦掠过他的头顶，飞越整片荒野。安西亚人注视着它们，直至鸟儿消失在视线之外，然后，他笑了。这里终究会是一个美好的世界……

· · ·

经过精心挑选，他把营地驻扎在了一处贫瘠的地方——位于肯塔基东部的废弃煤田。方圆几英里空无一物，周围只有被采掘殆尽的地面、小簇的浅色须芒草，以及一些出露地表、被熏得乌黑的岩石。他的帐篷就支在其中一块突出地面的岩石边，在石头掩护下只能看清大致的轮廓。帐篷是灰色的，所用材料看起来像是斜纹棉布。

回到这里时，他几乎筋疲力尽，休息了好几分钟才打开麻袋，拿出食物。他非常小心，先是戴上一层薄手套，然后再去触碰包裹，将里面的东西拿到一张小折叠桌上。他从桌底下抽出几样工具，放到从哈尼维尔采购回来的东西旁。他对着眼前的鸡蛋、土豆、芹菜、萝卜、大米、豆子、香肠还有胡萝卜打量片刻，又对着自己笑了一会儿。这些食物看上去应该是无害的。

接下来，他从小型金属工具中拿起一件，将末端嵌入土豆内部，开始定性分析……

三小时后，他吃掉了胡萝卜，是生吃的，又咬了一口芹菜，结果烧伤了舌头。食物挺好——虽然很怪，但很好。紧接着，他生好火，将鸡蛋和土豆煮熟。他把香肠埋入土中——他在里面发现了一些不确定的氨基酸成分。不过其他食物对他而言是无害的，除了那些无处不在的细菌。这正是他们所期望的结果。他发现土豆很好吃，尽管里面都是碳水化合物。

他已经十分疲惫了。不过在躺到简易床上之前，他还是走出帐篷，去了亲手毁掉单人太空舱引擎和仪器的地方，那是两天前，他第一次降临地球。

第 二 章

正在播放的是莫扎特《A大调单簧管五重奏》。在最后一段小快板❶即将演奏前，法恩斯沃思调整好每个前置放大器的低音响应功能，又将音量稍稍提高。随后，他动作迟缓地坐到皮革扶手椅上。他喜欢带有强烈低音泛音的小快板演奏，单簧管的共振似乎蕴含着某种意义。他凝望窗帘方向，透过窗户能够俯瞰第五大道，法恩斯沃思合上自己胖乎乎的手指，聆听着方才亲手创建的音乐大厦。

待音乐播放完毕、磁带自动断电后，他望了一眼通往外侧办公室的门道，发现女佣正耐心地等在那儿。他瞥了一眼壁炉架上的瓷钟，皱了皱眉头，目光又回到女佣身上，开口道："什么事？"

"先生，有一位牛顿先生找您。"

"牛顿？"他认识的有钱人里没有叫牛顿的，"他有什么事？"

"先生，他没有说。"女佣轻轻扬起一边的眉毛，"他是个怪人，先生。看上去像个……大人物。"

---

❶ 小快板（allegretto）：音乐术语，表示乐曲行进的速度，即节拍的速率。小快板每分钟的拍数在108左右。

法恩斯沃思思虑片刻，随后道："带他进来吧。"

女佣说得对，这个男人非常奇怪。个子很高、很瘦，满头白发，骨架纤细娇弱。他肌肤光滑，一张娃娃脸——可是那双眼睛实在奇怪，乍看之下似乎虚弱无力、过于敏感，但目光中又夹杂着些许苍老、睿智与疲态。男人穿着一身昂贵的深灰色西装。他走到椅子旁，小心翼翼地坐下——动作缓慢，仿佛身上带着很重的东西。坐好后，他看着法恩斯沃思，笑道："奥利弗·法恩斯沃思？"

"牛顿先生，喝点什么吗？"

"请给我来一杯水。"

法恩斯沃思在心里默默耸了耸肩，命令女佣去准备。等下人离开，他打量着自己的客人，身体向前一倾，做了个世界通用的手势，意思是："我们继续吧。"

牛顿依旧坐得笔直，他将细长的双手叠放在大腿上，继续道："听说你对专利很在行？"能听出他说话时带有一些口音，而且吐字非常精准，显得过于正式。法恩斯沃思听不出他是哪里人。

"是的，"法恩斯沃思略带草率地回答，"牛顿先生，我有专门的办公时间。"

牛顿似乎没有听到这句话。他的语气温和而热情，"听说在处理专利事务方面，你是全美最优秀的。而且你要价很高。"

"没错，这方面是我的专长。"

"很好。"对方道。他把手伸到椅子旁，提起放在下面的公文包。

"您有什么事吗？"法恩斯沃思又看了一眼表。

"我想跟你共同筹划几个项目。"高个儿男人从包里掏出一个信封。

"时间会不会有些晚了？"

牛顿打开信封，取出用皮筋扎好的薄薄一捆钞票。他抬起头，亲切一笑，"能请你过来拿一下吗？走路对我来说很困难。我的腿。"

法恩斯沃思有些恼火地从椅子上站起来，走向高个儿男人，接过钱，转回身，然后坐下。钞票面值总计1000美元。

"这样的一共有十捆。"牛顿说。

"好家伙，您这也太夸张了吧，"法恩斯沃思把这沓钞票塞进休闲服的口袋里，"好了，这是要我做什么呢？"

"买你今天晚上，"牛顿道，"在接下来的三小时里，你要全神贯注听我讲话。"

"我的天，有必要吗，在夜里？"

对方漫不经心地耸了耸肩，"唔，原因有好几个。保护隐私算是其中之一。"

"让我把注意力放到您身上，根本用不着花一万块。"

"是。但这样做也是为了让你意识到……我们之间的谈话很重要。"

"好吧，"法恩斯沃思往椅背上一靠，"那我们就开始谈吧。"

瘦男人的姿态看起来十分放松，不过他没有把身子靠在椅背上。"首先，"他说，"法恩斯沃思先生，你一年能挣多少钱？"

"我没有固定的薪水。"

013

"那好。去年你挣了多少钱?"

"也罢。既然您都付了钱。大约14万吧。"

"了解。照这样来说,你算是很有钱吧?"

"是。"

"不过,你肯定想挣更多吧?"

对话变得可笑起来。就像在参加一出制作成本低廉的电视节目。不过对方已经付了钱,最好还是顺其自然吧。他从皮质烟盒里掏出一根香烟,答道:"我当然想要更多。"

这回则是牛顿稍稍向前倾了倾身子。"法恩斯沃思先生,是不是特别特别多的钱?"他面带微笑,开始享受眼下这场对话带来的巨大乐趣。

这也是电视节目的其中一环吗? 不过,还算能听明白。"是,"法恩斯沃思答道,"抽烟吗?"他将烟盒递向客人。

白色卷发男人没有接茬,而是继续道:"法恩斯沃思先生,我能让你变得非常有钱,只要你把自己接下来的五年时间全部交给我。"

法恩斯沃思依旧面无表情,他点燃香烟,大脑飞速旋转,反复思考这场奇怪面谈的前前后后,此时的状况令人费解,这家伙大概率是有些神志不清,竟会提出这种要求。不过这个男人非常有钱,也许他就是个怪胎。还是先顺着对方的思路继续聊吧,这才是明智的选择。女佣端着盛有玻璃杯和冰块的银托盘走了进来。

牛顿小心翼翼地从托盘上拿起准备给他的那杯水,一只手端好,另一只手从口袋里掏出一个阿司匹林药盒,他用拇指翻开盒盖,将其中一片药投入水中。药片溶解后，杯中液体呈现出浑浊的白色。他端住杯子，观察了一会儿之后，才小口啜饮起来，他喝得非常非常慢。

法恩斯沃思是一位律师，他非常关注细节。他很快就发现那个阿司匹林药盒有点奇怪。显而易见，那盒阿司匹林是拜耳公司❶出品，本来是很常见的物件，但是，有哪里不太对劲。还有，牛顿小口喝水的样子也不对劲，他喝得很慢、很小心，不让一滴水洒出来——就好像水是非常珍贵的东西。而且一片阿司匹林就能让水变浑浊，似乎是有什么问题。等这个男人离开后，他得用阿司匹林试一试，看看到底会发生什么。

女佣离开前，牛顿让她帮忙把自己的公文包递给法恩斯沃思。女佣走后，他又依依不舍地喝下最后一小口水，然后将水杯放到旁边的桌上，杯中的水几乎还是满的。"公文包里的东西希望你看一下。"

法恩斯沃思打开公文包，里面是厚厚一捆文件，他将文件放到自己的大腿上。律师立刻就注意到这些纸张不同寻常。非常非常薄，纸质很硬，但又富韧性。最上面那页大多是用蓝色墨水书写齐整的化学公式。他顺手翻了翻其他文件：电路图、各式图表及示意图，看起来像是某种车间设备。既有工具又有模具。乍一看，其中一些公

---

❶ 拜耳公司（Bayer）：总部位于德国勒沃库森，1899年3月获得阿司匹林注册商标。

式似乎有些眼熟。他抬起头,"电子设备?"

"对。有一部分是。你很熟悉这类设备吗?"

法恩斯沃思没有回答。如果对方对自己有所了解,那就应该知道:他领导着将近四十人的律师团队,服务的对象包括世界上规模最大的电子部件制造联合企业之一,围绕着该公司的生死存亡,他已经为当事人打过六场官司了。律师开始阅读那些文件……

. . .

牛顿笔直地坐在椅子上看着对方,头上的白发在吊灯映衬下闪闪发光。他满脸微笑,但全身都在痛。过了一会儿,他拿起水杯,再一次小口喝起来,在他漫长的一生中,水是故乡里最珍贵的宝物。他一直都很紧张,这个世界对他而言依旧陌生,方才他一直在小心翼翼地掩饰着这间完全陌生的办公室带给自己的焦虑,眼前的胖男人有着隆起的下颌、紧绷的头皮,以及猪一样的小眼睛,这些都让他感到害怕,他慢慢啜饮,看着正在阅读文件的法恩斯沃思,方才的紧张、焦虑与恐惧逐渐消散。现在,他知道自己已经争取到了这个男人,他来对地方了……

. . .

两个多小时过去了,看完文件的法恩斯沃思终于抬起头。在此期间,他一共喝掉了三杯威士忌,眼角现在微微发红,他朝牛顿眨了眨眼,一开始几乎看不清对方的模样,后来才聚上焦,他把自己的小眼睛睁得大大的。

"如何?"牛顿依然面带微笑。

胖男人深吸一口气,他晃了晃脑袋,似乎是想理清思路。等到开口时,他的声音很轻柔,听上去有些犹豫,态度极其谨慎。"我没有完全看懂,"他说,"只明白一小部分。一小部分。我不懂光学,也不懂胶卷。"他再次看了看手中的文件,好像在确认这些纸张是否还在。"牛顿先生,我是一名律师,"他说,"我是个律师。"突然间,他提高了几个音量,声音有些颤抖,但语气坚定,胖胖的身躯和小小的眼睛变得更加专注和警觉,"但我懂电子学。我也知道染料。我想我能理解您的……放大器,还有电视机,还有……"他顿了一下,眨了眨眼,"我的天啊。我觉得它们可以按照您设计的方案进行生产。"他缓缓呼出一口气,"这些设计图看上去很有说服力,牛顿先生。我想这些设备能够顺利运转。"

牛顿依旧在冲他微笑,"当然能。所有设备都可以。"

法恩斯沃思掏出一根烟点上,他要让自己冷静下来。"我得先核验一下。这些金属材料,还有电路……"突然,他打断了自己的话,胖乎乎的手指间还紧紧攥着那根烟,"我的老天,伙计,你知道这些东西意味着什么吗?你知道吗,你可以拥有九项基本——仅仅这一页,你就能获取九项基本专利权。"他用自己的胖手举起一张纸,"这里,光是这个图像传输技术,还有那个小型整流器,还有……你知道这意味着什么吗?"

牛顿的表情没有变化。"是的。我知道这意味着什么。"他说。

法恩斯沃思缓缓吸了一口烟。"牛顿先生，如果你的设计没问题，"他现在的语气稍微平静了些，"如果你的设计没问题，你可以拥有美国无线电❶、伊士曼柯达❷。我的天啊，你还能买下杜邦❸。你知道自己拥有的是什么吗？"

牛顿死死盯着对方。"我当然知道。"他说。

• • •

两个人开了六个小时的车才抵达法恩斯沃思的乡间别墅。牛顿坐在豪华轿车的后座，试图用聊天的方式振奋精神，但并没有坚持太长时间，地心引力已经让他的身体超负荷运转，而汽车加速带来的沉重压力又给他造成了极大的痛苦，他知道自己需要花上几年时间才能习惯，所以，他不得不告诉律师自己有些累了，需要休息。然后，他就闭上了眼睛，尽量让座椅靠背来分担自己身体的重量，并尽最大努力抗住这份痛苦。车内的空气对他来说也有些温暖过头——此时的温度相当于故乡最热的那几天。

❶ 美国无线电公司（RCA, Radio Corporation of America）：1919年由实业家欧文·D. 扬创建，历史上曾经生产过电视机、显像管、音响等多种电子产品。

❷ 伊士曼柯达公司（Eastman Kodak）：创建于十九世纪八十年代，总部设在美国纽约州罗切斯特市，主要生产各类影像产品并提供相关服务。

❸ 杜邦公司（DuPont）：成立于1802年，业务广泛，涉及农业、食品、建筑、通讯、交通、能源等多个领域。

当他们逐渐驶出城市边缘，司机的驾驶才终于变得平稳，起步停车颠簸带来的痛苦也渐渐平息。牛顿不时看向法恩斯沃思。律师并没有打瞌睡。他坐在一旁，肘部支在膝盖上，还在翻阅牛顿交给他的文件，小小的眼睛在发光，传达着某种强烈的情绪。

别墅很大，孤零零地伫立在一大片树林间。建筑物和周围的树木似乎全都被打湿，在昏暗的晨光中朦胧闪烁，很像安西亚正午的日光。牛顿异常敏感的双眼重新恢复了生气。他喜欢这片树林，喜欢林间生命所带来的宁静，更喜欢这熠熠闪光的潮气——地球是一颗充满水的星球，百川奔流、沃野千里，就连大地之下昆虫持续鸣叫的颤音与啁啾都包裹着一层湿润的外衣。与故土相比，这里有数不胜数的欢乐源泉，而他的世界中，在几乎快要废弃的城市间、在一片片广袤荒芜的沙漠中，仅剩下干涸枯燥、空虚荒凉、寂静无声，唯一能听到的只有无尽凛冽的寒风哀鸣，似在诉说着那些垂死同胞内心的苦痛……

站在门口迎接二人的是身着睡衣、睡眼惺忪的用人。法恩斯沃思命令用人去准备咖啡，刚要把用人打发走，他又在对方身后大声嚷嚷着要给客人准备一间屋子，而且在接下来的至少三天时间里，他不会接任何电话。随后，法恩斯沃思将牛顿领到图书室。

房间非常大，装潢比他在纽约公寓的书房还要奢华。显然，法恩斯沃思阅读的都是与顶级富豪相关的杂志。地板中央有一尊白色裸体女性雕像，她的手中拿着一把做工精致的七弦竖琴。房间里两面墙都堆满了书架，第三面墙上挂着一幅巨型的宗教人物画像，牛顿认出画中人是被钉在木质十字架上的耶稣。画中的人脸把他吓了一跳,好一会儿才缓过神——瘦削的面容、能够看穿一切的大眼睛,感觉就像是一张安西亚人的脸。

牛顿看了一眼法恩斯沃思,对方正背靠着扶手椅,两只小手拢作一团叠放在肚子上,注视着自己的客人,虽然睡眼惺忪,但情绪比之前镇定了些。二人四目相对,气氛一时有些尴尬,律师移开了视线。

片刻之后,律师转回头,平静地说:"好了,牛顿先生,你有什么计划?"

牛顿微微一笑,"计划很简单。我想尽可能多地挣钱。越快越好。"

律师脸上没有任何表情,但语气听起来像在挖苦。"牛顿先生,你还真是直截了当,但也不失为一种风雅,"他说,"你想要多少钱?"

牛顿盯着屋内价格昂贵的艺术品,注意力有些分散,"这么说吧,五年内我们能挣多少?"

法恩斯沃思打量了一会儿牛顿,随后站起身。他拖着疲惫的身躯,摇摇晃晃地走到书架前,转动着安装在上面的几个小旋钮,小提琴曲从不知藏在房间何处的扬声器中流淌而出。牛顿听不出这是哪首乐曲,但这首曲子听上去既安静又复杂。法恩斯沃思一边调整转盘控制器,一边说道:"这取决于两件事。"

"哪两件?"

"首先,牛顿先生,在正当性方面,你的意见是?"

牛顿把注意力重新集中到法恩斯沃思身上。"要完全正当，"他说，"要合法。"

"我明白了。"法恩斯沃思好像无法将高音控制器调整到合适的位置，"那就说第二件事，我能从中拿到多少份额？"

"净利润的10%。还有公司全部股份的5%。"

法恩斯沃思突然把手从放大器的控制装置上挪开。他慢慢坐回椅子上，轻轻一笑。"那好，牛顿先生，"他说，"我想，我能在五年内，让你挣到……三亿净利润。"

牛顿思虑片刻，然后道："还不够。"

法恩斯沃思盯着对方看了好长一会儿，他高高地扬起眉毛，道："牛顿先生，不够干什么？"

牛顿的眼神变得严肃起来，"不够……不够从事一项研究。项目所需资金非常多。"

"我只能保证你挣那么多。"

"假如说，"高个子男人道，"我可以提供给你一整套石油提炼工艺，效率比目前在用的所有方法都要高15%。你能否将这个数字提高到五亿？"

"你的……工艺能在一年内搭建完毕吗？"

牛顿点了点头，"不出一年，产量就能超过标准石油公司[1]——

---

[1] 标准石油公司（Standard Oil Company）：1870年成立，1911年被拆分，总部先后位于美国俄亥俄州和纽约州，主要从事石油生产。

我想，我们可以把这套工艺租给他们。"

法恩斯沃思又开始打量牛顿。最后，他说："明天，我们就开始起草文件。"

"好。"牛顿动作僵硬地从椅子上站起身，"到时我们再详细讨论具体内容。事实上，只有两点需要特别注意：第一，你要使用诚信的手段挣到这笔钱；第二，除你之外，我不会跟其他任何人接触。"

牛顿的卧室在楼上，他思虑片刻，觉得自己应该爬不上楼梯。但他还是做到了，一次只爬一个台阶，法恩斯沃思一言不发地跟在他旁边。律师把牛顿领到他的房间后，看着对方说："你真是个与众不同的人。牛顿先生。介意我问一下你的出身吗？"

这个问题完全出乎牛顿的意料，不过他还是保持了镇静。"不介意，"他说，"我是从肯塔基来的，法恩斯沃思先生。"

律师稍稍挑了下眉。"我知道了。"他说完便转过身，拖着笨重的身体走下楼，奔向门厅，地面上铺着大理石，沉重的脚步声回荡在厅内……

牛顿房间的天花板很高，屋内装修豪华。他注意到其中一面墙壁内嵌有一台电视机，躺在床上就能看电视，看到电视机，他疲惫地一笑——他得找个时间看看电视，看看电视信号的接收效果和在安西亚有什么不同。如果能再次看到一些电视节目，那一定非常有趣。他一直很喜欢看西部片，尽管在故乡时，猜谜综艺和每周日的"教育"节目为他提供了记忆中的大部分信息。他已经好久没看电视了……这趟旅程总共花了多长时间？四个月。他已经在地球生活了两个月——赚钱、研究病菌、分析食物和水、完善口语能力、阅读报纸，还有准备与法恩斯沃思的这次关键会谈。

他望向窗外明媚的晨光和淡蓝色的天空。在天空某处，也许就是自己正在遥望的方向，就是安西亚。那是一个冰冷的地方，一颗正在灭亡的星球，但他还是会想家，那里有他爱的人，他可能很长一段时间都无法与他们相见……但是，一定会有再见之时。

他拉上窗帘，拖着疲惫酸痛的身体，轻轻躺到床上。似乎所有的激动与兴奋都消失了，此刻的他内心平静。没过几分钟，他就睡着了。

午后的阳光叫醒了他，窗帘是半透明的，耀眼的光芒刺痛了他的双眼，尽管如此，他醒来后还是感觉精力充沛、心情愉悦。或许是床的原因，和自己之前待过的阴暗旅馆相比，这张床真的好软，又或许是昨晚成功会谈的原因，让他松了一口气。他躺在床上，陷入沉思，几分钟后，他起身走进浴室。眼前放着一把剃须刀，旁边还有肥皂、面巾和毛巾。他对着眼前的东西微微一笑，安西亚人没有胡须。他打开盥洗室的水龙头，观瞧了一会儿眼前的流水，跟往常一样，他被水迷住了。随后，他洗了洗脸，没有用肥皂（因为肥皂会刺激他的皮肤），而是从公文包里拿出一罐洗面奶。接下来，他服用了自己的常用药，换好衣服，走下楼，开始自己的五亿美元大业……

· · ·

当天晚上，六个小时的交流与规划之后，他来到自己房间外面的阳台，驻足良久，享受着凉爽的空气，抬头仰望漆黑的天空。这些恒星与行星看起来有些奇怪，它们在厚重的大气层包裹下闪闪发光，他很享受观星的时光，这些星体所处位置与他在安西亚看到的不同。然而他对天文学知之甚少，除了北斗七星和一些小星座，星体之间究竟是以何种方式进行组合的，他根本摸不着头脑。最后，他回到房间。要是晓得哪颗星球是安西亚就好了，可是，他并不知道……

第 三 章

明明还是春天,午后气温却高得反常,内森·布赖斯教授正在爬楼梯,他的公寓在四层,行至三楼平台,他发现地上有一卷火药纸。他想起昨天下午门厅处玩具手枪枪声大作的情景。他捡起火药纸,准备带回公寓后扔进马桶冲走。那卷东西是明黄色的,他费了些功夫才认出是什么。在他的孩提时代,火药纸是红色的,一种类似铁锈的特殊渐变色,那才是火药纸、鞭炮一类东西该有的颜色。但显然,如今他们也开始生产黄色的火药纸了,就像粉色的冰箱和黄色的铝杯,总有这些不协调的奇特玩意儿被制造出来。他汗流浃背地继续爬楼,心想即便是在制作黄色旋压铝杯的过程中也会发生微妙的化学反应。过去生活在洞穴里的原始人可是用自己布满老茧的双手捧水喝,那些人没有学习过复杂难懂的化工知识,但在他看来,他们可能活得也挺好。分子运动与工业化生产——内森·布赖斯的工作就是研究这些对神明大不敬的复杂知识,并发表相关的学术论文。

回到公寓,他已经把火药纸的事忘在脑后了。要考虑的东西实在太多。房间里摆放着一张伤痕累累的大橡木桌,其中一侧堆满了学生论文,胡乱摊在那儿已经六周了,光是想想就觉得恐怖。桌子旁边是一台古旧的灰色蒸汽式散热器，在如今靠电气供暖的时代，它的出现有些不合时宜，在这位铁制品老祖宗的封盖上，学生的实验室笔记歪歪扭扭地堆在那儿，看起来有些危险。书本垒得很高，原本挂在散热器上面的一小幅拉森斯基[1]版画几乎被完全遮住。露在外面的只剩下一双耷拉着眼睑的眼睛——这双眼睛可能属于一位疲倦的科学之神，他注视着那些实验报告，通过眼神诉说着一种无声的苦痛。布赖斯教授的脑子里总是充斥着一些古怪的点子，令人啼笑皆非。他还意识到，那幅小型版画是自己来到这座中西部小镇三年时间里所遇为数不多的有价值之物，画面上原本是一张长满胡须的男人脸，现在却被学生的作业挡住，看不见了。

橡木桌整洁的一侧放着一台打字机，如同另一位凡间之神（一个粗鄙讨厌、无足轻重，却又苛求过度的上帝），手中仍然抓着一篇论文的第十七页，论文研究的是电离辐射会对聚酯树脂产生何种影响，这是一篇无人问津、无人尊重的文章，可能永远都不会有写完的那天。布赖斯的目光落在这片阴沉混乱的地方：散落的纸张仿佛被炸毁后坍塌的纸牌屋之城，氧化还原反应方程式、讨厌的酸类物质的工业制备法——学生给出的解决方案无穷无尽、工整得骇人，还有那篇关于聚酯树脂的论文，同样是枯燥乏味、令人生厌。他黑着一张脸，两只手插进大衣口袋，沮丧地望着眼前这一切，目不转

---

[1] 毛里西奥·拉森斯基（Mauricio Lasansky，1914—2012）：阿根廷艺术家、教育家，以绘制凹版版画闻名。

睛地盯了足足三十秒钟。之后，因为屋里实在太热，他脱下外衣，扔到包裹着金色锦缎的睡榻上，又把手伸进衬衣里挠了挠肚子，接着走进厨房，准备煮杯咖啡。水池里堆满脏兮兮的曲颈瓶、烧杯和小广口瓶，旁边还有吃早饭用的餐盘，其中一个盘子上还残留着蛋黄的油污。看到眼前这不可思议的混乱场面，他一时间有些绝望，觉得自己随时会叫出声，但是他没有。他只是杵在原地，一分钟后，他用轻柔的语气，大声说道："布赖斯，你的生活真是他妈的一团糟。"随后，他找到一个还算干净的烧杯，将它冲洗干净，装进咖啡粉，倒上热开水，拿起实验用的温度计搅拌好，随即便喝了起来，他的视线越过烧杯，盯着挂在白色炉灶上方墙面那幅价格昂贵的大型画作，那是勃鲁盖尔❶绘制的《伊卡洛斯坠落》。一幅精美的作品。他曾经非常喜欢这幅画，但现在已经习惯了画里的内容。这幅画如今只能给他带来理性层面的快乐——他喜欢这幅作品的颜色运用和整体构图，总之都是业余爱好者会中意的地方——他非常清楚，这并不是什么好兆头，此外，之所以会产生这种感觉，和堆在隔壁房间办公桌上的那堆倒霉论文有很大关系。喝罢咖啡，他用一种温柔的、颇具仪式感的声音，不掺入任何情感地吟起奥登❷就这幅画创作的诗句。

❶ 彼得·勃鲁盖尔（Pieter Brueghel the Elder，约1525—1569）：荷兰画家，以绘制风景画和农民题材的画作闻名于世。
❷ 威斯坦·休·奥登（Wystan Hugh Auden，1907—1973）：英裔美国诗人。下文节选自他的诗作《美术馆》（Musée des Beaux Arts）。

……那艘华美的行船必定目睹

这一幕奇景，少年从天而降，

有某地要去，仍平静地航行。

    他把没有冲洗的烧杯放在炉灶上，接着卷起袖子、解开领带，往水池里灌热水，在龙头水压的作用下，洗洁精冒出泡沫，仿佛一个多细胞生物，一只得了白化病的巨大昆虫的复眼。他将每个玻璃器皿都裹上泡沫，再沉入下面的热水中。他找出海绵刷，开始洗碗。他总得先从某个地方干起……

    四小时后，他收起一小摞已经批改完的学期论文，在口袋里摸索着取出一个橡皮筋，将纸张捆好。这时，他才想起那卷火药纸。他把那东西从口袋里掏出来，捧在手心观瞧片刻，随后傻乎乎地咧嘴一笑。他已经有三十年没射过玩具子弹了——那段天真岁月与现在相隔久远，彼时的他脸上还长满粉刺，后来，他告别了玩具手枪和《一个孩子的诗园》❶，取而代之的是貌似官方出品的大型化工套装，那是祖父送给他的，仿佛是命运直接督促着他踏上未来要走的路。忽然之间，他特别想要一把玩具手枪，他要在这间空荡荡的公寓里，把这卷火药纸上的弹药一个接一个射出去。然后，他想起曾

---

❶ 《一个孩子的诗园》(*A Child's Garden of Verses*)：儿童诗集，收录了苏格兰随笔作家、诗人罗伯特·史蒂文森(Robert Stevenson)的儿童诗。

经（鬼知道是多少年前），自己有一次想看看将一整卷火药纸点燃会发生什么——既有趣又极端的想法。不过他从来没有尝试过。嘿，没有比现在更好的机会了。他站起身，略带疲倦地一笑，接着走进厨房。他把那卷火药纸放在一张铜丝网上，又将铜丝网置于三脚架之上，随后拿起酒精灯倒入少许酒精，摆出一副老学究的口吻，喃喃自语道："强制点火。"他从一堆木条中抽出一根，用打火机点着，接着小心翼翼地引燃火药纸。结果令他又惊又喜：他原以为自己只会听到一些不太规律的轻微刺刺声，只能观察到一些灰色硝烟，但出乎他的意料，那卷火药纸在铜丝网上蹦来跳去、反应十分激烈，他听到的是一阵嘈杂的砰砰声，这动静令人心满意足。不过奇怪的是，黑色的残留物并没有冒烟。他弯下腰，嗅了嗅余下的小黑块。什么气味也没有。真奇怪。我的天啊，他心想，这世界变化太快了！原来，另一位可怜的笨蛋化学家已经找到了火药的替代品。他思考了一下会是什么物质，接着又耸了耸肩。等以后有时间再调查吧。不过他有点怀念火药的味道——那种美妙、刺鼻的气味。他看了一眼手表。七点三十分。春日夜空的微光透进窗户。已经过了晚饭时间。他走进浴室，洗了洗手和脸，对着镜子中苍老憔悴的自己摇了摇头。然后，他拿起睡榻上的外套，穿好衣服，又出门去了。他有些心不在焉，下楼时还扫了一眼台阶，想要再发现一卷火药纸，然而那里什么都没有。

  吃过汉堡，喝完咖啡，他决定去看场电影。这一天过得异常艰辛——在经历了四小时实验和三小时教学后，他又花了四个小时来阅读那些愚蠢的论文。他迈步前往闹市区，期待那里能有一部科幻电影上映——可以是复活后受惊的恐龙没头没脑地在曼哈顿周围横冲直撞，抑或是来自火星的食虫人入侵，它们要摧毁这个该死的世界（真是谢天谢地，总算是解脱了），这样一来就能安心吃虫子了。可是影院并没在放映这类片子，他只好选了一部音乐剧，他买好爆米花和一根糖果棒，随后走进昏暗狭小的观众席，在过道附近寻到一个孤零零的座位。他开始吃爆米花，试图去除吃汉堡时留在口腔内的廉价芥末味儿。他木然地盯着大银幕上正在播放的新闻短片，这些东西总能勾起他内心小小的恐惧感。画面放送的是非洲暴动的情景。非洲暴乱已经持续多少年了？从六十年代初就开始了吗？黄金海岸的政客正在发表演说，针对这些倒霉的"煽动者"，他威胁要动用"战术氢武器"。布赖斯如坐针毡，他为自己的职业感到羞耻。多年以前，身为一名前途无量的研究生，他曾从事过一段时间的原始氢弹项目研究。跟可怜的老奥本海默❶一样，当时他就对该项研究产生过一系列重大怀疑。新闻短片的镜头切换到刚果河沿岸的导弹发射场，紧随其后的是阿根廷载人火箭竞赛，最后又转到纽约时装秀，画面上展示的是女士低胸礼服和男士褶边裤。然而非洲人的身影在布赖斯的脑海中挥之不去，那些表情严肃的黑人青年是《国家地理》杂志中那些灰头土脸、面有愠色的家族成员的子孙后代，这些杂

---

❶ 尤利乌斯·罗伯特·奥本海默（Julius Robert Oppenheimer, 1904—1967）：美籍犹太裔理论物理学家，曼哈顿计划领导者，被誉为"原子弹之父"。

志被放在无数医生诊所和体面亲戚的会客厅里,任人翻阅。他还记得那些女人下垂的乳房,记得每张彩色照片上都少不了的红色围巾、头巾。现在,那些人的后代穿上了制服,进入了大学,喝着马提尼,开始制造自己的氢弹。

音乐剧终于粉墨登场,庸俗下流的色彩好像拥有一股强大的力量,能够抹去刚刚看过新闻影片的记忆。片名唤作《莎莉·莱斯莉故事》,是一部既沉闷又吵闹的作品。布赖斯试图沉浸在这些毫无意义的动作与色彩中,但他发现自己做不到,只好先满足于银幕前年轻女子挺拔的胸部和修长的双腿。但对于一个中年鳏夫而言,这样做更加扰乱了他的心神,这种分神是痛苦的,也是荒谬的。面对如此露骨的肉欲诱惑,他扭动着身体,想把注意力转移到摄影本身,这才第一次注意到图像的工艺质量已经高到了惊人的地步。画面的线条和细节虽然被放大到了巨型的杜普林斯科普❶银幕上,但却跟使用接触印刷技术制作出来的一样清晰。他眨了眨眼睛,又仔细看了看屏幕,接着用手帕擦了擦眼镜。毫无疑问,这些图像是完美的。他对光化学也略知一二,以自己对电影染印工艺和三层感光乳剂彩色胶卷的了解,能实现这样的质量几乎不可能。他发现自己竟然惊讶得轻声吹起了口哨,接下来,怀着比之前更大的兴趣,他观看完剩

---

❶ 杜普林斯科普(Dupliscope):美国斯皮拉通(Spiratone)公司的注册商标,该公司主营各类摄影器材及相关产品。斯皮拉通公司曾出品过杜普林斯科普品牌的幻灯片翻拍装置(slide duplicator),该装置可以复制和打印幻灯片。

下的影片（只是偶尔还会分心，比如在其中一位粉红女郎脱下胸罩时），这可以说是他在观影时从来不曾有过的体验。

在离开剧院的路上，他停下脚步，看了一眼电影广告，想知道出品方会不会将色彩处理当作宣传点。果不其然，他没费什么力气便找到了，花里胡哨的广告上有一条醒目的标语："世界色彩，带给你全新的色彩感官体验。除此之外，别无他物，圆圈里的英文字母R表明"世界色彩"是一个注册商标，下面还有非常小的一行字："该商标已被 W. E. 公司注册使用"。他绞尽脑汁，想解读出这两个字母所表达的意思，他的脑袋偶尔只会产生一些异想天开的怪诞想法，他发现自己能想到的尽是一些荒唐的东西："万·伊格尔斯""瓦姆苏塔·安其拉达""富有的工程师"，还有"世俗的厄洛斯"❶。他耸了耸肩，将双手插进裤子口袋，伴着夜色沿街前行，向这座小小大学城霓虹闪烁的中心地带走去。

他感到焦躁不安，甚至有些恼火，他不想这么快就回家面对那些论文。他发现自己正在寻找学生们常去的啤酒屋。他找到其中一间小酒吧，店名唤作"亨利家"，地方不大，但颇具艺术气息，前面的窗户里还摆放着德国啤酒杯。他之前也来过这儿，但都是在早晨。这是他现在为数不多的恶习之一。八年前，妻子去世（胃里长了一个三磅重的肿瘤，最后死在一家徒有虚名的医院里），打

---

❶ 这四组词语的英文分别为"Wan Eagles""Wamsutta Enchiladas""Wealthy Engineers"和"Worldly Eros"，首字母缩写均为"W. E."。

那以后，他便养成了早晨喝酒的习惯。出于一次偶然的机会，他发现喝晨酒也能成为一件美事，那是在一个阴郁的清晨，天灰蒙蒙的——像牡蛎一样的颜色，令人精神萎靡——他喝得不猛，但醉得很沉，他在以忧郁为乐。但做这种事，一定要像化学家一样严格控制精度，稍有差池便会酿成恶果。脚下有太多无名悬崖，随时可能坠入深渊，每当阴沉灰暗的日子降临，在晨间买醉的角落中，自怜自哀的忧伤便会化身一群认真的老鼠，无时无刻不在蚕食着一个人的精神。布赖斯很聪明，他非常了解这些物质。就像吗啡，一切都取决于剂量。

他推开亨利家的门，迎接他的是一台自助点唱机，它占据了房间中心位置，好像被压抑了许久，浑身充满愤怒的情绪，伴随着有节奏的低音轰鸣与红色灯光，看上去就像一颗病态疯狂的心脏。他走进酒吧，穿行在一排排塑料卡座之间，步伐有些不稳。早晨这些座位一般都没有人，也没有什么色彩，现在却挤满了学生。他们中的一些人在认真嘀咕着什么，许多人都蓄着胡须，他们衣衫褴褛，但看起来却很时髦——就像戏剧作品中的无政府主义者，或是三十年代老旧电影里所谓"来自境外势力的特工"。去掉胡须，真实的他们又是什么样呢？诗人？革命者？其中有个学生上过他的有机化学课，学期论文写的是自由恋爱，里面提到"基督教伦理的腐朽尸体，正在污染生命的源泉"。布赖斯向他点头致意，男孩甩着愤怒的胡须，略带尴尬地瞪了他一眼。这些人大部分是来自内布拉斯加州和艾奥瓦州的农场男孩，他们签署了裁军请愿书，讨论着社会主义思想。布赖斯顿时感到有些局促不安。一位身着花呢大衣、略带疲态的老布尔什维克就站在这些新生阶级中间。

他在酒吧里找到一处狭窄的空位，问女侍者要了一杯啤酒，对方梳着灰色刘海、戴着黑框眼镜。之前从未见过她，早晨为他服务的是一位名叫阿瑟的老人，对方沉默寡言，还患有胃病。老人是这个女人的丈夫吗？他漫不经心地冲她一笑，接过啤酒。他动作迅速地大口吞下酒，感觉不太舒服，想要离开这儿。那台自助点唱机现在已经跑到了他的脑袋后面，此时正在播放一首民谣，里面传出的是弹拨齐特琴弦的金属声。啊，洛迪，捡起一捆棉花！啊，洛迪……在他旁边的吧台，一个白人女孩正和另一位眼神忧郁的女孩讨论诗歌的"结构"，她问对方什么样的诗歌可以算作"技术娴熟"，听到这样的对话，布赖斯打了个寒战。不过是些孩子，能他娘的知道些什么？他想起自己主修英语的那年，当时他二十多岁，一张嘴动不动就是"意义的各个层级""语义问题""符号层级"之类的术语空话。说真的，这个世界到处都是虚假的隐喻，真知灼见往往会被这些东西取代。他喝完啤酒，不知为何又要了一杯，尽管他很想离开这儿，避开这些喧嚣吵闹与装腔作势。这样做是不是对这些孩子不太公平？是不是有点自以为是、自命不凡？年轻人总是看起来很蠢，容易被外在的形式欺骗——其他人也一样。比起加入兄弟会或辩论队，留胡子也许更适合他们。等这些家伙到了离开学校、刮掉胡须、寻找工作的时候，他们很快就会了解到自己曾经那些行为的乏味和愚蠢。还是说，在这一点上他也错了？不过也有可能，他们——

或者说至少其中一部分人——会成为真真正正的埃兹拉·庞德❶式人物，这些人永远都不会刮掉胡子，他们会成为杰出但激进的法西斯分子、无政府主义者，或者社会党人，他们可能会死在闻所未闻的欧洲城市，可能会成为诗人，写出上乘的诗篇，可能会变成画家，画出充满意义的作品，也可能落个空有名号却身无分文的下场。喝完这杯啤酒，他又要了一杯。喝着喝着，那张剧院海报和"世界色彩"几个大字从他的脑海中一闪而过，他突然想到，"W. E.公司"的这个"W"可能代表的就是"世界色彩"❷，或者"世界"。那"E"呢？ 消除？ 自我表现主义？ 色情描写？ 还是说，他冷冷一笑，不会单纯指的就是"出口"❸吧？ 他带着充满智慧的表情，对着旁边的红衣女孩笑了笑，她现在又开始讨论语言的"和谐统一感"。她应该最多只有十八岁。女孩满脸疑惑地看了他一眼，乌黑的双眼目光严肃。这一刻，他感觉有什么东西伤到了自己，她真是太漂亮了。他止住微笑，迅速喝光啤酒，随即离开酒吧。出门路过卡座时，那位蓄着胡须、上过有机化学课的学生道了一声："您好，布赖斯教授。"对方的语气十分得体。布赖斯向他点了点头，嘴里咕哝了几句，接着推开

---

❶ 埃兹拉·庞德（Ezra Pound, 1885—1972）：美国诗人、文学评论家，后因叛国罪被美军关押，之后十几年在精神病院度过。

❷ "世界色彩"的英文"Worldcolor"，首字母"W"，"世界"的英文"World"，首字母亦为"W"。

❸ 这四个词的英文分别为"Elimination" "Exhibitionism" "Eroticism"和"Exit"，首字母均为"E"。

门,融入温暖的夜色中。

已经十一点了,但他还是不想回家。他有想过打给盖尔伯,对方是自己在学院里最亲密的朋友,但最后还是决定放弃。盖尔伯是个极富同情心的家伙,然而此时此刻似乎也没什么可以倾诉的。他不想谈论自己的事,不想提及自己的恐惧、那些下流的色欲,还有既愚蠢又可怕的生活。他只好不停走路。

午夜时分即将降临,他在镇上一家通宵营业的药妆店❶前停下脚步。店里空荡荡的,只有闪闪发光的塑料餐柜后面站着一个上了年岁的店员。布赖斯坐下来点了杯咖啡,在习惯了荧光灯放射出的虚假亮光后,他漫无目的地看起柜台上的货品,读着展示在阿司匹林药瓶、摄影器材和剃须刀片外包装上的标签……他眯起眼睛,头开始痛了。都是那些啤酒害的,还有这灯光……货架上还有防晒霜和袖珍发梳。就在这时,某样东西吸引了他的目光。就在袖珍发梳旁,一张用指甲钳夹住的卡片下方,摆放着一排蓝色方盒,包装两侧都印有一行字:"世界色彩:35毫米摄影胶卷"。他吓了一跳,自己也不清楚为何。店员就在附近,布赖斯突然说:"请给我拿一下这个胶卷。"

店员眯起眼睛看着他——莫非这里的光线也会伤害他的眼睛?对方问道:"什么胶卷?"

"就是色彩这家出品的。世界色彩。"

❶ 除了药品,美国的药妆店也兼售日用百货、饮料和小食等。

"哦。我没有……"

"是,我知道。"他的语气听上去有些不耐烦,自己也吓了一跳。他并没有打断别人的习惯。

老人稍稍皱了皱眉头,接着慢吞吞地走过去,从上面取下一盒胶卷。对方把胶卷放到布赖斯面前的柜台上,整个过程动作夸张,没有说一个字。

布赖斯拿起盒子,看了一眼标签。在一行大字下面,还有一行小字印着:"无颗粒感、具有完美平衡性能的彩色胶卷"。下面还有:"美国标准协会感光度:视显影情况,200到3000不等"。我的天啊!他心想,感光度的数值不可能这么高。而且还能变化?

他抬起头,看了一眼店员,问道:"这东西多少钱?"

"6块。能拍摄36张照片。只能拍摄20张照片的售价2.75。"

他感觉了一下盒子的重量,放在手里很轻,"那也太贵了,不是吗?"

店员摆出一副苦瓜脸,像是老人常见的那种不高兴的模样,"并不贵,因为你不需要额外支付显影费用。"

"哦,我知道了。他们会帮你显影。你这里有没有信封……"他没有继续说下去。真是一场愚蠢的对话。有人发明了一种新型胶卷。但这与他又有何干? 自己又不是摄影师。

店员顿了一下,继续道:"不是。"他转身面对门口的方向,"胶卷会自动显影。"

"它会什么?"

037

"自动显影。听着,你到底买不买?"

他摆弄着手中的盒子,没有回答。包装盒每一侧的末端都用粗体字印着"全自动显影"。这令他大吃一惊。为什么自己从来没有在化学期刊上看到过这种技术? 这可是全新的进步……

"买。"他看着标签心不在焉地回答。在包装盒的底端清晰地印着"W. E. 公司"。"我要买。"他翻出自己的皮夹,拿出六张皱巴巴的钞票,"它具体的工作原理是什么?"

"把胶卷放回罐里就行。"男人接过钱。这些纸币好像抚慰了他的心灵,对方的态度不那么粗暴了。

"放回罐里?"

"就是装胶卷的罐子,拍摄完全部照片后,你把胶卷放回罐里。然后你需要按一下罐子顶部的小按钮。里面有说明书,会告诉你怎么做。你可以按一下按钮,也可以按好几下 —— 取决于你需要的所谓'胶卷感光度',反正他们是这么说的。就是这样。"

"哦。"他站起身,小心翼翼地把盒子放进大衣口袋,咖啡还没喝完。离开前,他问店员:"这东西上市多久了?"

"你说胶卷? 大概有两三个星期了吧。反响不错。我们已经卖了不少。"

他直接走回家,心里一直惦记着胶卷的事。怎么可能会有这么好的东西,事情哪能如此简单? 他心不在焉地从口袋里掏出盒子,用拇指指甲撬开。里面放着一个蓝色的金属罐,顶部螺旋盖上有一个凸出的红色按钮。他打开罐子。裹在说明书里面的是一盒看上去很普通的35毫米胶卷。在罐顶内部，按钮下面的地方有一个小方格。他用自己的拇指指甲摸了摸。感觉像是陶瓷材质。

  他从家里的抽屉中翻出一台老旧的阿耳戈斯❶相机。装入胶卷前，他从暗盒中拉出大约1英尺长的胶卷，等曝光后再撕下来。摸起来有些糙，没有胶状感光乳液通常的光滑感。随后，他把剩下的胶卷装入相机，在昏暗的灯光中，以800感光度的状态按下快门，他对着墙壁、散热器，以及桌上的一堆论文随机拍照，让胶卷快速曝光。拍摄完毕，他将胶卷放回罐内显影，按了八次按钮，然后打开罐子，嗅了嗅罐子的气味。里面飘出一股淡蓝色气体，气味刺鼻，难以辨认究竟是什么物质。罐内没有任何液体。利用气体显影？他急忙取出暗盒，将胶卷拉出，放到灯光下，他发现自己得到了一卷完美的透明胶卷，色彩细腻、栩栩如生、细节逼真。他大叫了一声："他娘的。"随后，他拿着之前的空白胶卷和透明胶卷走进厨房。他备齐各种材料、放好一排烧杯、拿出滴定装置，准备进行快速分析。他发觉自己在工作时有些狂热，不过他没有时间去思考这东西为什么会激起自己如此强烈的好奇心。这个东西的某些地方搅得他心烦意乱，但他并没有理会——他实在是太忙了……

· · ·

---

❶ 阿耳戈斯（Argus）：希腊神话中的百眼巨人，此处指相机品牌。

五小时后,已经是早上六点钟,窗外的天空灰蒙蒙一片,鸟儿开始吵闹,他筋疲力尽地倒在厨房的椅子上,手里还拿着一小截胶卷。他没有穷尽所有的分析方法,但他已经进行了足够的实验,现在了解到这些胶卷上没有与摄影相关的常规化学物质,不含任何银盐成分。他瞪着通红的双眼,在原地坐了好几分钟。然后,他站起身,拖着疲惫不堪的身体走进卧室,一下子倒在未经收拾的床铺上,感觉累得半死。窗外鸟儿高鸣、旭日东升,他没有宽衣,而是在入睡前,用一种揶揄自嘲的口吻,操着低沉沙哑的嗓音大声说:"这一定是种全新的技术……有人从玛雅文明的废墟中挖掘出来的……又或者来自外星球……"

第 四 章

　　人行道上，身着春装的人群来来往往，步调飞快。似乎到处都是年轻女人，高跟鞋的嗒嗒声不绝于耳（甚至在车里都能听到），她们衣着光鲜，即使沐浴在强烈的晨光中也显得格外亮眼。牛顿欣赏着身边各式各样的人群与色彩（尽管这些东西会刺痛他那依旧过于敏感的双眼），他告诉司机沿公园大道慢慢行驶。天气真不错，这是他第二次感受地球的春季，也是第一次体验到真正意义上的艳阳天。他微微一笑，身子向后倚在特制的靠背垫上，汽车以缓慢平稳的速度驶向市中心。司机阿瑟是一把好手，因为车开得稳，能保持匀速行驶，又能避免急停急起，所以才被选上。

　　来到中城区，汽车拐进第五大道，在法恩斯沃思原先的办公楼前停下，这里现在已经换了名号，入口一侧立有黄铜匾额，上面用不显眼的阳文印着：世界集团公司❶。牛顿先是把自己的墨镜镜片调暗，好遮挡外面的阳光，然后才从豪华轿车里慢慢挪出来。他站在人行道上舒展身体，感受着照在脸上的日光——对周围的路人来

---

❶　即"World Enterprises Corporation"。

说，光线柔和而温暖，但对他而言，这是一种令人愉快的火热。

阿瑟把头伸出车窗，问道："牛顿先生，是否需要在这儿等您？"

他再次舒展全身，享受着阳光和空气。他已经有一个多月没离开自己的公寓了。"不用了，"他说，"我会再打给你，阿瑟。可能要到傍晚我才需要你，不过我也不肯定。要是你愿意，你可以去看场电影。"

牛顿从正厅进门，经过一排排电梯，来到门厅尽头的专用电梯，早有侍者在此等候，对方直挺挺地站在一旁，身上的制服笔挺平整，无可挑剔。牛顿暗自一笑，他完全想象得到，在他前一天打电话说自己转天要来公司之后，这里肯定进行了一连串准备。他已经有三个月没来办公室了。他很少离开自己的公寓。"牛顿先生，早上好。"电梯旁的男孩声音紧张，说这句话前应该是在心里提前预演了许多遍。他冲男孩一笑，接着走进电梯。

电梯缓缓启动，非常平稳地把牛顿送上七楼，这里之前是法恩斯沃思的律师事务所。等他走出电梯，法恩斯沃思早已在此恭候多时。律师打扮得像一位极富权力的统治者，身上穿了一套灰色的丝质西服，双手指甲修剪齐整，肥硕无名指上，一颗璀璨的红宝石熠熠生辉。"牛顿先生，看起来气色不错嘛。"对方一边寒暄，一边轻轻地伸出手。法恩斯沃思极善观察，很快就注意到了：任何粗鲁的触碰都会让牛顿疼得龇牙咧嘴。

"谢谢，奥利弗。最近我感觉特别好。"

法恩斯沃思带他穿过走廊，经过几间办公室，来到挂着"W. E.

公司"匾额的套间。他们从一群秘书身边经过,看到有领导过来,所有人都毕恭毕敬地闭上了嘴巴,两个人走进法恩斯沃思的办公室,门上的黄铜小字写着:"O. Y. 法恩斯沃思,总裁"。

办公室内部的陈设与之前相同,摆在最突出位置的是一张装饰奇怪的卡菲耶里❶书桌,此外还有形形色色的洛可可艺术❷风格摆件。像往常一样,房间里还在播放音乐——这次是一首小提琴曲。牛顿听了感觉耳朵不太舒服,不过他什么话也没说。

女佣端来茶水(牛顿已经喜欢上了茶,尽管他只能喝温热的茶水),两个人闲聊了几分钟,之后便谈起生意上的事,包括他们的庭审进展、董事的任命与调整、持有的公司股份、授权许可和专利税、新工厂的财务状况、旧工厂的采购工作、市场、价格,还有公众

---

❶ 卡菲耶里家族(Caffieri):十七世纪到十八世纪之间活跃于法国的意大利雕塑世家。菲利普·卡菲耶里(Philippe Caffieri,1634—1716)曾在法国国王路易十四统治时期为法国王室设计家具等装饰品,他的儿子雅克·卡菲耶里(Jacques Caffieri,1678—1755)和孙子让-雅克·卡菲耶里(Jean-Jacques Caffieri,1725—1792)均曾在法国国王路易十五统治时期为法国王室效力。

❷ 洛可可艺术(rococo):十八世纪诞生于法国的一种艺术形式,盛行于法国国王路易十五统治时期,广泛应用于建筑、装潢、雕塑、绘画等领域,通过采用不对称的构图、卷动的线条、镀金的外观、白色和彩色颜料、雕刻成型和错视绘画等技术手段,打造令人称奇的视觉效果,形成颇具动感和戏剧效果的印象。

对公司73类消费产品（电视天线、晶体管、摄影胶卷和粒子探测器）的兴趣波动曲线，以及对外租赁的300多项专利——从石油冶炼工艺到应用于儿童玩具中替代火药的无害物质。面对牛顿掌握的这些技术，法恩斯沃思的内心非常惊讶（比平时更甚），这一点牛顿也很清楚，因此他告诉自己，在回忆某些数字和技术细节时要故意犯错，这才是明智的做法。不过，将安西亚人的头脑应用在这些东西上还是一件很享受、很兴奋的事，尽管他也知道，这种快乐的本质是建立在虚荣和廉价的高傲之上。就好比这些家伙（他一直称呼地球人为"这些家伙"，虽然他已经变得越来越喜欢和钦佩他们）发现自己是在跟一群警惕性很高且机智过人的黑猩猩打交道一样。他喜欢地球人，他的身上也具备人类最基本的虚荣心，当他发挥智力上的优势、把地球人变得目瞪口呆时，他无法抗拒这份简单的快乐。不过，尽管这样做很有意思，但是他也不能忘记，这些家伙要比黑猩猩危险得多——毕竟数千年来，地球人还从未见过公开自己身份的安西亚人。

两个人继续交谈，直到女仆送来午餐——给法恩斯沃思准备的是鸡肉片三明治与莱茵葡萄酒，牛顿那边则是燕麦饼干和水。由于身体系统的特殊性，牛顿发现燕麦是最容易消化的食物之一，因此他经常食用。接下来，就如何为业务繁多且分布广泛的集团进行融资这个复杂问题，两个人又继续聊了许久。牛顿越来越享受商业游戏本身所带来的乐趣。起初，他是被迫从零学起（关于这个社会以及这颗星球，有太多东西是从电视上学不到的），但后来，他发现自己天生就是这块料,这也许是一种返祖现象,最早可以追溯到安西亚先祖生活的远古时代,那是一个曾经散发着原始安西亚文化荣耀之光、既古老又强大的时代。地球当时还处在第二次冰河时期——而安西亚已经进入了残酷的资本主义社会,整个世界战事不断,后来,安西亚星球的能源消耗殆尽,水资源也枯竭。牛顿喜欢跟计数器还有金融数字打交道,即使整个过程并没有给他带来多少刺激,毕竟在参与游戏时,他手中的底牌可是发展了一万年的安西亚电子学、化学和光学知识。不过他一刻也没有忘记自己来地球的目的。这件事始终压在他的心头,避无可避,就好像那隐隐发作的痛觉,依旧深埋在自己经过强化但总是感到疲惫的肌肉里,又好像那难以忍受的陌生感,无论自己多么熟悉这颗资源丰富的巨大星球,那感觉依旧挥之不去。

他喜欢跟法恩斯沃思相处,也喜欢和自己结识的少数人交往。他没有女性熟人,因为害怕,也因为自己无法理解的原因。出于安全考虑,牛顿不能冒险深入去了解他们,他有时也会感到难过。法恩斯沃思是个享乐主义者,他很精明,是参与金钱游戏的好手,但偶尔也需要留意,他是个潜在的危险分子,不过这家伙脑子里倒是装着不少奇思妙想。他的巨额财产(牛顿把报酬提高到了之前的三倍)可不是仅仅靠名声就能取得的。

把自己接下来想要完成的事跟法恩斯沃思交代清楚后,牛顿靠在椅子上休息了片刻,接着说:"奥利弗,既然钱已经在……积累当中,有件新工作要开始着手了。之前我跟你提过,我有一个研究项目……"

法恩斯沃思似乎并不惊讶。可不是么,他应该已经预料到了,牛顿此次前来,必定是有一些更重要的事要谈。"牛顿先生,请说。"

他微微一笑,"这项工作不同以往。而且,奥利弗,恐怕还很昂贵。我想,为了项目落地,你需要做一些工作 —— 总之,都是财务方面的事情。"他朝窗外观望片刻,看了看第五大道上一排不起眼儿的灰色商店,又看了看街边的树木,"项目是非营利性的,我想最好成立一个研究基金会。"

"研究基金会?"律师噘起了嘴。

"没错。"他转回头看着法恩斯沃思,"我觉得地点就设在肯塔基,动用我能筹集的全部资金。要是能得到银行的帮助,我想大约需要4000万。"

法恩斯沃思眉毛一扬,"4000万?牛顿先生,你现在的身家连一半都不到。再过六个月也许能达到,但我们才刚刚起步……"

"我知道。不过我想把自己在世界色彩的股权全部转让给伊士曼柯达。当然,如果你想的话,你可以保留自己的股份。我想伊士曼会好好经营的。他们已经做好了高价收购的准备 —— 只有一个限制性条款,那就是未来五年内,我不能在市场上推出有竞争力的彩色胶卷。"

法恩斯沃思现在的脸憋得通红,"这不就跟把自己的终身财产权益卖给美国财政部一样吗?"

"我想也是。但我需要资金,你也清楚,这些专利本身就有被反垄断的风险，这一点很讨厌。而且跟我们相比，柯达有更大的全球市场。说真的，我们可以省去很多麻烦。"

法恩斯沃思摇了摇头，情绪稍微平静了些，"如果我手头有《圣经》的版权，我可不会卖给兰登书屋❶。不过我想你知道自己在做什么。你一向如此。"

---

❶ 兰登书屋（Random House）：美国图书出版机构，成立于1927年，总部位于美国纽约市。

第 五 章

内森·布赖斯来到位于艾奥瓦州彭德利市[1]的彭德利州立大学，顺道拜访了一下自己的部门主管。这位卡努蒂教授的职位唤作部门协调顾问，和现在大多数部门主管的头衔差不多，自个人标签大变革时代开启以来，销售员全都化身"地区代表"，而门卫则变成了"管理员"。这种变革费了一些工夫才打入大学内部。不过该来的总会来，现如今，已经没有什么"秘书"一说了，只剩下"前台接待"和"行政助理"，也没有了"老板"，只剩下"协调员"。

卡努蒂教授留着平头，抽着烟斗，肤色好似橡胶一般，这位顾问摆出一副价值20美元的笑脸，朝布赖斯挥了挥手，示意他穿过鸽蛋蓝色的地毯，坐到一把淡紫色的塑料椅子上，教授寒暄道："很高兴见到你，小内。"

听到"小内"两个字，布赖斯在心里皱了皱眉头，差一点就表现了出来，他看了一眼手表，假装自己很忙，然后道："卡努蒂教授，有件事我很好奇。"其实他根本就不忙——他只是想赶快结束这次

---

[1] 彭德利市（Pendley）：疑为作者虚构的地名。

面谈，考试现在也完事了，在接下来的一周时间里他将无事可做。

卡努蒂微微一笑，表示同情，布赖斯立刻在心里咒骂自己不该第一时间来探望这个打高尔夫球的蠢货。不过卡努蒂教授可能知道一些对自己有用的情报，至少在化学研究方面，他并不是白痴。

布赖斯从口袋里掏出一个盒子，放到卡努蒂的书桌前。"您见过这种新式胶卷吗？"他问。

卡努蒂拿起盒子，他的手既柔软又光滑，上面没有任何老茧，教授打量了一会儿，露出疑惑的神情。"世界色彩？见过，我还用过，小内。"他放下盒子，用斩钉截铁的语气继续道，"这种胶卷非常棒。全自动显影。"

"您知道它的工作原理吗？"

卡努蒂若有所思地抽着没有点燃的烟斗，"不，小内。我可没法说自己搞清楚了。不过我猜应该跟其他胶卷的工作原理一样吧。就是……复杂了一点点。"他被自己的玩笑话逗乐了。

"这样说并不准确。"布赖斯伸手拿起盒子，放在手里掂了掂重量，然后望着卡努蒂那张温和的脸，"我对它进行了一些测试，结果令我非常震惊。想必您也知道，最好的彩色胶卷含有三种不同的感光乳剂，每一种对应一个原色。但这种胶卷不含任何感光乳剂。"

卡努蒂扬了扬眉毛。你最好给我表现出惊讶的样子，你个蠢货，布赖斯心想。卡努蒂吐出烟斗，说道："听上去不太可能。感光性能体现在哪里呢？"

"显然是在基座中。成分看起来像是钡盐——只有老天才知道具体的工作原理。晶状钡盐的分布呈随机性。而且,"他深吸一口气,"显影剂是气态的——就放在金属罐盖子内部的小方格内。我试过分析里面的成分,能确定的只有硝酸钾和一些过氧化物,部分元素的性质表现很像钴,我可以发誓。而且这些成分全部都有轻微的放射性,也许这能解释其中一些现象,虽然我还不能确定究竟是什么。"

卡努蒂给布赖斯留足时间,非常礼貌地听完这一小段演讲。然后说道:"听起来有些疯狂,小内。他们是在哪里生产的?"

"他们在肯塔基有一处工厂。不过据我所知,他们的公司是在纽约成立的。公司股票没有在交易所上市。"

卡努蒂表情严肃地听着。也许,布赖斯心想,这家伙只有在庄重的场合才会摆出这种表情,比如被允许加入新的乡村俱乐部时。"我明白了。嘿,真叫人摸不着头脑,不是吗?"

摸不着头脑?他说这话是他妈什么意思?何止是摸不着头脑,这种东西压根儿就不可能存在。"是呀,让人摸不着头脑。这就是我想问您的事。"布赖斯犹豫片刻,不情愿地向这个自大外向的家伙求助,"我想继续跟进研究,分析出这东西的工作原理。学校地下的那些大型研究实验室,不知道我能否使用其中一间——至少在两个学期间的这段时间里。要是哪个学生有空,我可能还需要一位助理。"

话说到一半时,坐在塑料椅上的卡努蒂便往后挪了挪身子,就好像布赖斯从物理上将他推进了如波浪般柔软的泡沫坐垫里。"实验室目前全部有人在用,小内,"他说,"你也知道,现在我们承接了比之前更多的工业项目及军方项目,已经超出了我们的能力范围。

为什么你不给生产胶卷的公司写信，直接询问他们呢？"

布赖斯努力让自己的语气保持平静："我已经给他们写过信了。但是他们没有回复。没有人知道这家公司的情况。那些学术杂志——甚至是《美国光化学》上都没有关于他们的消息。"他停顿片刻，"听我说，卡努蒂教授，我只要一间实验室……我可以不要学生助理。"

"叫我沃尔特就好。沃尔特·卡努蒂。但是小内，实验室全都有人在用。没有不透风的墙，要是我给你搞特殊，让约翰逊协调员抓到，那就……"

"听我说……沃尔特……这是一项基础性研究。约翰逊不是经常发表关于基础性研究的演说吗？说这是科学的支柱。可我们现在研究的都是些什么？用更低廉的成本生产杀虫剂？不断完善毒气弹的功能？"

卡努蒂扬起眉毛，胖乎乎的身体依旧深陷在泡沫坐垫里。"小内，一般情况下，我们不应该那样谈论军事项目。我们的应用战术研究是——"

"好的，好的。"布赖斯努力压低声音，尽量让自己的语气听起来正常些，"杀人是基础性研究，我明白了。也是这个国家生活的一部分。至于这个胶卷……"

听到这样的挖苦，卡努蒂脸涨得通红。"听着，小内，"他说，"你想做的研究无非就是把时间浪费在某种已经商业化的生产工艺上。再多说一句，人家已经做得非常好了。你何必为此大发雷霆？这种胶卷是有点不同寻常。但其他一切都很好呀。"

"我的天。"布赖斯说,"这种胶卷可不仅仅是不同寻常。你也看得出来。你可是个化学家——比我更优秀的化学家。难道你不明白这种技术意味着什么吗？我的大人,这是钡盐和气体显影剂！"他猛然想起胶卷还攥在自己手中,于是便伸出手,好像拿着一条蛇或一件圣物。"就好像……就好像我们还是生活在洞穴里的原始人,正在挠着腋窝里的跳蚤,突然有一个人发现了……发现了一卷玩具火药纸……"突然之间,有什么东西让他为之一颤,就好像胸部遭受到了一阵物理打击,他停顿了一秒钟,心想,我的天啊——那卷火药纸！"……他们把火药纸扔进火中。想想之前是什么样子,利用传统技术,我们将火药纸整齐地排成一列,放到一张纸上,然后就能听到轻微的砰,砰,砰！又好像你给古罗马人一块手表,但他只知道日晷是什么东西……"布赖斯没有继续进行比较,他现在满脑子想的都是那卷火药纸,它们怎么会发出那么大的声响,而且还一点儿火药味都没有。

卡努蒂冷冷一笑,"好吧,小内,你口才很好。但如果换作是我,我不会对某个热门研究团队想出来的东西如此激动。"他努力让自己的声音听起来充满幽默感,以开玩笑的方式来消除分歧,"我不知道是不是有人从未来穿越了时空来拜访我们。但至少,他们不会卖给我们相机胶卷。"

布赖斯站起身,手里紧紧攥着胶卷盒。他轻声道:"热门研究团队？他们是恶魔！据我所知——这种胶卷没有应用摄影技术百年发展过程中产生的任何一种化学技艺——这种生产工艺可能来自外太空。又或者，在肯塔基的某个地方隐藏着一位天才，也许下周他就会卖给我们永动机了。"他突然转过身，迈步向门口走去，他已经对这次会谈感到厌烦了。

卡努蒂望着布赖斯的背影，那模样仿佛一位母亲对着发脾气离开的孩子，"小内，我不想聊太多外太空的话题。当然，我明白你的意思……"

"你当然明白。"留下这句话，布赖斯便离开了。

下午，他乘坐单轨火车直接返回家中，他开始寻找——或者说倾听——哪里有拿着玩具手枪的小男孩。

第 六 章

离开机场五分钟后,他意识到自己犯了一个严重的错误。他不该在炎炎夏日冒险来到遥远的南方,无论这样做多么有必要。他可以派法恩斯沃思或其他人来购置不动产,安排相关工作。气温已经超过九十度❶,从生理角度上他无法排汗,他的身体只能适应四十多度❷的天气,坐在开往路易斯维尔市中心的机场大巴后排,坚硬的座位折磨着他那副对重力依旧十分敏感的身体,他难受得快要失去意识。

离开安西亚之前,牛顿花了十年时间进行身体训练,再加上在地球上生活的两年多,他现在已经能凭借自己坚强的意志忍受住这份痛楚,并保持冷静和清醒,虽然难免还会有些混乱。他还能从大巴车上下来,然后走进酒店大堂,接着上电梯(好在电梯运行平稳、速度缓慢,他松了口气),来到位于三楼的房间,搬行李的门童刚离开,他就一头栽倒在床上。休息了一会儿,他挣扎着打开空调,将

❶ 此处为华氏度,90华氏度约为32.2摄氏度。
❷ 40华氏度约为4.44摄氏度。

温度设置到非常低。随后他又躺回床上。空调的性能很好，这得益于他将一系列专利租给了生产空调的公司。没过多久，房间里的温度已经变得足够舒适，当然是对他来说，但他还是继续开着空调，而且多亏了自己对制冷技术做出的贡献，现在他们生产的这些难看的小盒子终于没有了噪音，这对他来说至关重要。

时间来到中午，稍作休整，他叫客房服务送来一瓶夏布利酒❶和一些奶酪。他直到最近才开始喝酒，而且很高兴发现酒精对自己产生的效果和对地球人产生的一样。葡萄酒口感不错，但奶酪吃起来有点跟橡胶似的。他打开电视（依然是W.E.公司专利制造），背靠在扶手椅上，午后天气炎热，他决定什么都不做，好好享受一下。

他已经有一年多没看电视了，置身于这间装饰豪华但庸俗的现代酒店套房，一种奇怪的感觉涌上心头——这里很像电视中私家侦探居住的公寓，有沙发床、从没用过的书架、抽象派绘画，以及带有塑料顶棚的私人吧台——没想到自己会在肯塔基州的路易斯维尔再次看上电视。望着小小的人类男女在屏幕中来回移动，他回想起自己在故乡安西亚时的光景，这样的画面他也曾看了许多年。此时此刻，他回忆着那段时光，小口呷着葡萄酒，一点一点啃着奶酪（真是陌生又奇怪的食物），清凉的房间里回荡着烘托爱情故事氛围的背景音乐，他只能依稀听到小喇叭发出的说话声，在他那双来自外太空的敏感耳朵听来，这些语音基本上就是外星人发出的含混不清的

---

❶ 夏布利酒（Chablis）：法国夏布利地区出品的葡萄酒。

喉音，和自己讲母语时发出的呜呜声有很大不同，当然，他的母语也是经过多年的发展，自最初那种喉音演化而来。几个月的时间里，这是他第一次允许自己回想曾经和安西亚老友之间的轻声私语、回想自己一辈子都在吃的味道寡淡且易碎的家乡食物，还有自己的妻子与孩子。也许是因为房间的凉爽让他在经历了夏季的痛苦旅行后冷静了下来，也许是因为酒精对他的血液来说还是种全新物质，总之，牛顿陷入了某种状态，与人类的乡愁类似，他变得多愁善感，过分关注自我，他尝到了苦涩的味道。忽然之间，他想听到同胞用母语交流，想看到安西亚土地放射的淡淡光芒，想嗅到沙漠散发的刺鼻气味，想聆听安西亚音乐的厚重声音，想见到安西亚薄如蝉纱的建筑物墙壁，以及布满整座城市的灰尘。他想要自己的妻子，她有着安西亚人朦胧的性感美——会让人产生一种安静但持续的渴望。突然，他再次环顾房间四周，墙壁被涂成了不起眼的灰色，家具装饰的品位也显得庸俗，他感到一阵恶心和厌烦，这个地方既廉价又陌生，这里的文明满是喧嚣与嘶哑，如无根之水，仅有感官之乐，这群猿类的集合体虽然头脑聪明，但内心充满欲望，又以自我为中心——这种粗俗不堪又冷漠无爱的特性，跟人类那脆弱的文化一样，终究会像伦敦大桥和其他所有桥梁一样，垮下来、垮下来❶。

那种感觉又开始了，之前偶尔也会有。那是一种深入骨髓的怠

---

❶ 伦敦大桥垮下来（London Bridge Is Falling Down）：出自一首英国童谣，充满悲剧色彩的歌词唱诉着伦敦桥沧桑的历史。历史上，伦敦桥曾倒塌过多次。

倦与厌世，是这个纷繁忙碌、充满毁灭性的世界和那些喋喋不休的嘈杂噪声带来的深度疲乏。他觉得现在的自己可以把一切都舍弃掉，早在二十年前，他们就开始着手准备，真是愚蠢，简直愚不可及。他再一次疲惫不堪地环顾四周。他来这里做什么？来这个太阳系第三颗行星、距离家乡一亿英里远的另一个世界做什么？他站起身，关掉电视，深深埋进椅子中，他还在喝葡萄酒，现在已经能感受到酒精在起作用，但他并不在乎。

他已经看了十五年美国、英国及俄罗斯电视台的节目。他的同事通过监控和转录等手段收集了大量电视节目，都可以建个图书馆了，早在四十年前，美国开始连续放送电视节目时，他们就已经通过收听调频广播的方式破译了目标语言大部分语料。他每天都在学习：语言、风俗习惯、历史地理，还有一切可以学到的东西，直到他使用全面对照检索方法记住了那些语义模糊的词，如"黄色""滑铁卢""民主共和"——最后一个词在安西亚找不到对应表述。而且，在他进行工作、学习和无休止体育锻炼的同时，在他多年来一直为即将发生的事焦虑痛苦时，他的族人还在反复斟酌、考虑是否要启动航行。除了沙漠中的太阳能电池，他们的能源实在太少了。即使送一个安西亚人穿越这片空荡荡的深渊，所需的燃料也非常多，而且迎接他的可能是死亡，也可能是另一个已经枯竭的世界，对面可能跟安西亚的情况差不多，到处都是被原子武器破坏后残留的碎石瓦砾，还有因类人猿的怒火燃烧殆尽的物体残骸。不过他们最后还是告诉他，他将乘坐一艘型号十分老旧的飞船进行此次航行，这艘飞船目前还埋在地下。直到正式出发的一年前，他才收到通知，计划终于确认通过，只要各大行星运行到适合穿越的正确位置，飞船便会就绪。当他把这项决定告知妻子时，他抑制不住自己颤抖的双手……

· · ·

他留在酒店房间内，一直等到五点钟，其间一动不动地坐在椅子上。随后，他站起身，给不动产公司的办公室打了个电话，告诉对方自己会在五点半去拜访。他离开房间，将剩下的半瓶葡萄酒留在了吧台上。他希望气温到时能凉爽许多，但却事与愿违。

之所以选择这家酒店，是因为这里距他要去的办公楼只有三个街区，他将在那里启动早已计划好的大宗不动产交易。本来他是有能力行走这段距离的，但沉闷厚重的极热空气像垫子一样将整个街道遮蔽，他感觉头晕目眩、混乱不堪、虚弱无力。一时间，他觉得自己应该返回酒店，让不动产公司的人来找他，不过他还是继续向前走着。

等最终找到那栋办公楼，他发现了令自己害怕的事实：他要去的办公室位于十九层。他没想到肯塔基会有高楼大厦，更没想到会有这么多层。走楼梯是不可能的。但他对这栋大楼的电梯一无所知。如果即将乘坐的电梯上升速度过快或过猛，那对于自己已经饱受重力摧残的身体来说可是毁灭性的灾难。不过电梯看上去很新，而且做工精致，除此之外，大楼里面好歹也有空调。他走进电梯，内部空荡荡的,只有一个电梯操作员,一位看起来很安静的老人,对方身上的制服沾满了烟渍。在关门前的最后一刻,他们又多了一位乘客,一个丰满漂亮的女人,她上气不接下气地跑进电梯。操作员随即关上了黄铜大门。牛顿说道:"请按下十九层。"女人则喃喃地说了声"十二层。"老人懒洋洋地将手放到人工控制装置的握柄上,动作中甚至带着一丝轻蔑。牛顿立刻意识到,这并不是一台现代化按键式电梯,而是经过翻新的旧电梯,他有些惊慌失措。但发现这点已为时过晚,未等他提出异议,电梯猛地向上一拉,先是停顿片刻,后又猛地一颠,接着急速上升,他平日受到的重力影响已经是自身体重的三倍,而此刻这种压力又变成了平时的两倍,因为疼痛,他感觉胃部在扭曲,肌肉绷得死死的。一切似乎都发生在转瞬之间。他发现女人正在盯着自己,他知道自己一定在流鼻血,血液染红了他的衬衣前襟,他低头一看,果然如此。就在同一瞬间,他听到(或者说是用自己颤抖的身体感觉到)清脆的一声,有什么东西裂开了,他的双腿失去支撑,一下子摔倒在电梯地板上,身体扭成了奇怪的形状,他看到其中一条腿在自己的身体下面叠成了恐怖的模样,他失去了意识,精神陷入一片深邃的黑暗中,那种感觉就如同当初将自己和故乡分开的无尽空虚感……

· · ·

牛顿曾经有过两次失去知觉:一次是在故乡进行离心机训练时,另一次则是在飞船启动后,无法抑制的加速度令他陷入昏厥。不过两次他都很快便从混乱与痛苦的状态中恢复了意识。这次也一样，当他清醒过来，饱受虐待的躯体疼痛不堪，他不知道自己身在何处，这份困惑着实令人恐惧。此刻的他正躺在某个光滑柔软的东西上，明亮的灯光照着他的眼睛。牛顿眯起眼，转了一下头，结果疼得龇牙咧嘴。他应该是躺在类似沙发的地方。房间的另一边，一个女人站在桌旁，手里拿着电话。对方正在看向自己这边。牛顿注目观瞧，很快便认出是谁——电梯里的女人。

看到牛顿清醒过来，女人犹豫片刻，她的手无力地握住电话，一时间不知道接下来该怎么办。她有些茫然地对着牛顿一笑："先生，你还好吧？"

牛顿的声音软弱无力，听起来像是别人在说话："我想应该没事。不过我不太肯定……"他的两条腿就挺在自己身前。但他不敢尝试挪动它们。衬衫上还沾着他的血渍，不过现在已经凉透了。他应该没有昏迷太长时间。"我想我的腿应该是受伤了……"

女人摇了摇头，一脸严肃地看着他，"确实。其中一条腿弯曲严重，好像一捆旧铁丝。"

牛顿继续打量着女人，他不知道要说些什么好，他在努力思考自己应该要做什么。他不能去医院，他们肯定会给自己做检查。那些 X 射线……

"这五分钟我一直在想办法给你找医生。"女人声音嘶哑，看上去有些害怕，"我已经找过三名医生了，但他们都出诊了。"

牛顿冲她眨了眨眼睛，努力让自己保持清醒。"不。"他说，"不！

不要叫……"

"不要叫医生？可是先生，你必须要看医生。你现在伤得很重。"她看起来有些疑惑，脸上写满了担心，不过可能因为过于害怕，所以还顾不上起疑心。

"不。"牛顿本想再多说几句，但他突然感到一阵恶心，他的意识已经无法保持清醒，不知道自己在做什么，他在沙发侧面呕吐起来，每次惊厥都会引发双腿痛得悲鸣。最后，筋疲力尽的牛顿再次躺回沙发，脸部朝上，但光线实在太过刺眼，即使双目紧闭，他的眼睛也被射得很痛（他的眼皮很薄，而且是半透明的），于是他呻吟着抬起胳膊，想遮住眼睛。

不知怎的，他的伤痛让女人冷静了下来。也许牛顿刚才的行为反映出了某种人性，让对方能够确认他是人类。女人的声音变得平和许多。"需要帮忙吗？"她问，"有什么事是我能帮忙做的？"她有些犹豫，"我可以帮你拿点喝的……"

"不用。我不需要……"接下来他该怎么办？

突然间，女人的声音变得明快起来，仿佛她曾经几近歇斯底里，现在又重新恢复了生气。"你现在的样子真是一团糟。"她说。

"可以想象。"他把脸转到沙发靠背一侧，试图避开灯光直射，"你能……能让我一个人静一静吗？要是能休息一下……我可能会好起来。"

她轻轻笑出了声，"我可看不出来你怎么才能好。这里是一间办公室，一到早晨就会挤满了人。电梯操作员给我的钥匙。"

"哦。"他需要做些什么来抑制疼痛,否则自己无法长时间保持清醒。"听着。"他说,"我口袋里有酒店钥匙,布朗酒店。距离这里三个街区,沿着这条街走就是,这条街你们叫什么——"

"我知道布朗酒店在哪儿。"

"哦。那好。你能拿着钥匙去我房间、帮我把卧室衣柜里的黑色公文包带过来吗?里面……有药。求你了。"

女人陷入了沉默。

"我可以给你钱……"

"我担心的不是这个。"牛顿转过身,睁开眼睛,打量了女人片刻。她那张宽脸庞上是紧皱的眉头,拧成一团的眉毛仿佛是对沉思的滑稽模仿。接下来,女人随意地哈哈一笑,她的眼睛并没有看牛顿。"我不知道他们会不会让我进入布朗酒店——或是允许我走进其中一个房间,就好像我能住得起一样。"

"为什么不会?"他一开口讲话胸口某处就会痛。他觉得过不了多久自己就会再次晕过去,"为什么不让你进?"

"先生,看来你对穿衣这方面的事情不太了解,我说得对吧?你看起来似乎也从来不用担心这种问题。而我一身乡下人打扮,全身上下破破烂烂的。那些人可能不太喜欢我出现在他们面前。"

"哎呀!"他叹道。

"金酒❶。也许我能……"她若有所思,"不,不行。"

---

❶ 金酒(gin):又名"杜松子酒"或"琴酒",属烈酒。

牛顿感觉自己又要虚脱，身体仿佛漂浮在水面上。他眨了眨眼睛，强迫自己坚持，试图无视这份虚弱与痛楚。"打开我的皮夹。从里面拿出20块钞票。把钱给侍者。你能做到。"整个房间开始天旋地转，此时的灯光似乎变得黯淡了些，在他的眼中，就好像是模糊地排成一列在移动，"求你了。"

他感觉女人在自己的衣服口袋里摸索着，感受到对方炽热的呼吸吹在了自己脸上，片刻之后，他听到女人倒吸一口气。"我的天哪！"她说，"你身上带的钱也太多了！我完全可以拿着这个跑路。"

"别，"他说，"请帮帮我。我很有钱。我可以……"

"不会的。"她懒洋洋地说。随后，她又用更加轻快的语气继续道："先生，你只要坚持住就行。我一定会帮你把药带回来，哪怕需要贿赂酒店的人。你只要放轻松就好。"

在即将陷入昏厥前，他听到了女人关门的声音……

似乎只过了片刻时间，女人便回到了房间，她气喘吁吁，办公桌上放着打开的公文包。

之后，他服下能够帮助治愈腿部的止痛胶囊和药片，这时，电梯操作员带着一个自称大楼管理员的人走进办公室，牛顿向他们保证自己不会控告任何人，而且，说真的，他感觉好多了，一切都会恢复正常。不，他不需要救护车。好，他会签一份免责声明，以豁免大楼方面的责任。好了，现在他们可以给自己叫辆出租车吗？在这场狂乱的讨论过程中，他有好几次又差点昏厥，而且在对话结束后，他真的又失去了知觉。

等牛顿醒来,他发现自己和女人待在一辆出租车里。对方轻轻地摇晃着自己。"你想去哪儿?"她问,"你的家在哪里?"

他盯着女人,"我……我不知道,真的。"

第 七 章

在阅读的间隙,他抬起头,然后吃了一惊。他压根儿没注意到女人走进了房间。她经常这样,不知从哪里冒出来,她那沙哑的嗓音和严肃的口吻有时会非常烦人。但她是个好女人,完全不会怀疑别人。相处了四周时间,牛顿越来越喜欢这个女人,好像把她当作了某种有用的宠物。他动了动腿,换了个更舒服的姿势,听见女人问道:"你今天下午不是要去教堂吗?"他转过头望着女人,她进屋的时间应该不长,手里捧着一个红色塑料杂物袋,袋子紧紧抵在她那丰满的胸前,感觉就像抱着一个孩子。

女人傻乎乎地咧嘴一笑,牛顿发现她可能已经有些醉了,尽管时间才刚到下午。"牛顿先生,我的意思是……我觉得你可能想去教堂。"她把袋子放到空调附近的桌子上——这是牛顿在她家借住第一周时买的。"我给你带了葡萄酒。"她说。

他转回头,看了看自己的腿,他把腿支在了面前一个不太结实的小板条箱上,箱子上压满了旧漫画书,这是女人唯一的日常读物。他有些恼火。女人买了葡萄酒,说明她一定准备在今晚喝个酩酊大醉,虽然她酒量不错,但她醉酒后的样子总是令他担惊受怕。她经常拿牛顿轻盈、虚弱的身体开玩笑，说这简直就是奇迹，也许直到现在女人也没搞明白，倘若她不慎把牛顿绊倒，或是摔在他身上，哪怕只是用力扇他一巴掌，也可能会对他的身体——他那脆弱如鸟儿一般的骨骼——造成非常严重的伤害。这个女人结实丰满，至少要比牛顿重50磅。"你还买了葡萄酒，考虑得真周到，贝蒂·乔，"他说，"外面很冷吧？"

"是啊，"她说，"简直太他妈冷了。"她取出塑料袋里的葡萄酒，牛顿听到瓶身撞到了藏在袋子里的其他酒瓶，发出叮当的声响。女人看着酒瓶，略带思索地说："这次我可不是在赖克曼家买的。今天是我领取福利金的日子，刚走出福利机构大楼我就买了它。那边有个名叫'戈尔迪速食店'的小杂货店。小店售卖许多福利商品。"老旧的红色书架上放着一排平底玻璃杯，她拿起其中一个放到窗台边。接下来，她又从袋子里取出一瓶金酒，懒洋洋的动作、漫不经心的状态，就是她平时对待酒的样子，现在，她一只手拿着葡萄酒，一只手拿着金酒，似乎拿不定主意到底要先放下哪一瓶。"他们把所有葡萄酒都放在了一个普通冰箱里，酒的温度太低了。早知道我就在赖克曼家买了。"最后，她放下葡萄酒，打开了金酒的盖子。

"没事，"他说，"用不了多长时间酒的温度就能上来。"

"我就把酒放在这儿了，如果你想要的话，随时跟我说，听到没？"她给自己倒了半杯金酒，随后走进小小的厨房。牛顿听到糖罐叮当作响，她正在用勺子往金酒里加糖，这是她的习惯，不一会儿，她又回到房间，边走边喝起来。"我真是太他娘的喜欢金酒了！"

她得意扬扬地说。

"我想我应该是没办法去教堂了。"

女人看起来有些失望。她走过来，坐到牛顿对面的一把旧印花棉布面椅子上，表情略带尴尬，她一只手拿着杯子，另一只手将身上的印花布裙提到了膝盖上。"我很抱歉。那间教堂真的很不错，许多上流人士都会去。肯定也很适合你。"牛顿第一次注意到女人戴着一枚钻戒。也许是用他的钱买的。他对这个女人毫不吝啬，女人对他照顾有加，这是她应得的。除了一些个人习惯和说话方式，她确实是一位优秀的护士。而且她一点儿也不好奇牛顿的身世。

他不想再继续谈论教堂的事，于是闭上了嘴巴，女人则舒舒服服地坐在椅子上，开始认真品尝杯中的金酒。她多愁善感，会不定期去教堂做礼拜，电视访谈类节目的记者会用"非常虔诚"来形容他们这样的人——女人说宗教信仰是巨大的力量源泉。去教堂的主要活动就是参加周日下午和周三晚上的讲座，前者主讲个人吸引力，后者则是讲述那些通过祈祷的力量获得商业成功的男人的故事。她的虔诚是基于这样一种信仰：无论发生什么，一切都会好起来。这背后所蕴含的道德观就是：每个人都必须由自己决定怎样做对自身来说才是正确的。显然，贝蒂·乔做出了喝金酒放松一下的决定，这也是其他许多人的选择。

和女人一起生活的几周里，牛顿对美国社会的其中一个方面有了深入了解，这是电视节目没有告诉他的。他知道自第二次世界大战结束以来，美国已经持续全面繁荣了四十年，就像某根体形巨大、生命力异常顽强的野草开出的花朵,他知道了这些财富是如何在广大中产阶级之间进行分配和消费的,以及随着时间推移,他们又是如何把更多时间投入到效率更低的工作之上,并从中攫取更多金钱的。几乎所有电视节目的主角都是这些穿着过分讲究、生活过于舒适的中产阶级,因此人们很容易就会产生这样的印象:所有的美国人都很年轻,他们皮肤黝黑、目光锐利、雄心勃勃。遇到贝蒂·乔之后,他才了解到有一大批社会底层人士完全没有享受到这些典型中产阶级拥有的东西,还有一大群平庸之辈既没有什么抱负,也没有什么价值观念之类的东西。通过阅读大量历史,他意识到像贝蒂·乔这样的人曾经是工业革命造就的贫困人口,不过他们现在已经达到了工业化小康水平,这些人舒舒服服地住在政府建设的房屋中(贝蒂·乔在一片大型砖房住宅区里租了间三居室,如今这里已经沦为了半个贫民窟),并靠着令人眼花缭乱的各类机构提供的福利过活,如:联邦福利机构、州福利机构、紧急救济机构、国家贫困救济机构等。像贝蒂·乔这样的底层人士还有800万至1000万人,美国社会竟富裕到如此地步,可以养活这么多人,让他们可以在城市中享受到一种破败的、由金酒和二手家具构成的奢侈生活,而这个国家其他大部分人则在郊外的游泳池旁过着将自己健康的双颊皮肤晒成黝黑的生活,他们追逐着当下关于服饰、育儿、混合饮料方面的潮流,而那些太太们则无休止地玩着有关宗教、精神分析和"创造性休闲"的游戏。当然,法恩斯沃思除外,他属于更高的、更稀有的社会阶层,那些人拥有真正的财富,而牛顿遇到的所有人几乎都属于中产阶层。他们之间都很相像，如果你在他们卸下防备时观察，你会发现：当他们不再友好地伸出双手，当他们摘掉平日的面具、失去如同少年般扬扬得意的魅力时，他们看上去有一点点憔悴，有一点点茫然。在牛顿看来，带着金酒、无聊、猫和旧家具的贝蒂·乔才是真正占据了社会生活的上风。

有一次，她和住在楼里其他单元的一些"女性朋友"举办了一场派对。牛顿一直待在卧室，没有目睹现场情况，但他听得很清楚，女人们唱着《万古磐石》《先贤之信》这样的古老圣歌，畅饮金酒，喝了个酩酊大醉，一个个都变得多愁善感起来，在牛顿看来，与中产阶级从罗马烧烤盛宴、午夜醉酒后游泳，以及一见面就上床这些事情上获得的快乐相比，贝蒂·乔她们从这种情感放纵中得到的满足感更棒。然而贝蒂并不是真的相信那些幼稚的古老圣歌，在其他女人醉醺醺地回到自己的三居室后，她躺到牛顿身边，咯咯笑着，说起自己在肯塔基的家人是如何带她接触那些傻里傻气的浸信会教徒和圣歌唱颂，还有宗教复兴这些东西，她说自己"已经长大了，虽然有些时候，唱那些歌还挺可爱的"。牛顿对此未置可否，但他还是禁不住思考，他看过几次所谓的"古典复兴时刻"，这些东西记录在一卷老旧的安西亚电视节目录像带中，他也看过更"现代化"的教堂时刻，里面的人"创造性地发挥了上帝的作用"，其中的音乐就是单纯用电子琴弹奏施特劳斯的华尔兹以及《诗人与农夫序曲》的部分章节。人类在自身发展过程中产生了一些奇怪的表达形式，这一系列独特的契约与许诺被称作宗教（安西亚完全没有这种东西），他不能确定这些家伙当时是否处在完全清醒的状态中——也许过去到访过这颗星球的安西亚先祖才是真正的罪魁祸首。他不太能理解人类的这种行为。不过可以肯定的是，安西亚人也相信宇宙中可能有神明存在，也许会有一种生物能被称作"神"，但这并不是什么重要的事，可是对大多数人类来说，神的意义重大。他能理解古代人类对于罪恶与救赎的信仰，和所有安西亚人一样，他也很熟悉那种心怀罪恶的感觉，也清楚赎罪的必要。不过现代人类似乎在用某种掺杂着一半信仰、一半情绪的松散结构来替代他们的宗教，牛顿不清楚对此应该做何理解，也许他永远也无法彻底弄明白为什么贝蒂·乔会如此重视自己每周从那间人造教堂获取的所谓"力量"，这种力量跟她从金酒中得到的相比，看起来更加虚无缥缈，而且也更麻烦。

片刻之后，牛顿要了一杯葡萄酒，贝蒂谨遵吩咐，她拿出专门为牛顿买的小小水晶葡萄酒杯，熟练地倒出瓶中酒。牛顿很快便喝完了。在康复期间，他已经学会了如何享受酒精。

"对了，"在贝蒂为他斟第二杯酒时，牛顿说道，"我想下周就能从这儿搬走了。"

女人迟疑片刻，继续把酒斟满，然后道："汤米，为什么要走？"贝蒂喝醉时偶尔会叫他汤米，"不用这么着急。"

第八章

天啊，他真是个怪人。长得又高又瘦，还有一双鸟儿般的大眼睛，即使断了一条腿，他也能像猫一样四处活动。他总是在找药吃，而且从来不刮胡子。他似乎也不用睡觉。贝蒂稍微一不注意就会喝多，偶尔她会在半夜醒来，金酒宿醉令她喉咙干燥、头晕目眩，牛顿就待在客厅，垫着一条腿，有时在看书、有时在听那个胖男人从纽约带给他的小型金色唱片机，有时就仅仅是坐在椅子上，两只手托住下巴，双唇紧闭，眼睛盯着墙壁，至于他心里在想什么，只有上帝才知道了。每到这种时候，贝蒂就会尽量压低声音，轻轻移动，避免惊扰到他，但无论她动作有多轻，牛顿总能听到，她看得出对方被吓了一跳。不过他总是会对自己微笑，偶尔也会说上一两句。有一回，牛顿坐在那里，眼睛直勾勾地盯着墙壁，好像想从那里找到可以说话的人，他看起来好迷茫、好孤独，这件事发生在他搬过来住的第二周，他扭伤了一条腿，整个人看起来就像是从鸟巢掉到地上、被摔个半死的雏鸟儿。他好可怜，贝蒂真想用胳膊搂住他的头，然后轻抚他，像母亲一样安慰他。然而她并没有这样做，她已经发现牛顿不喜欢别人触碰他。更何况这个男人的身体实在太过单薄，她或许会伤害到他。她永远也不会忘记自己第一次抱着牛顿走出电梯的情景，这个男人太轻了，他的衬衫上沾着血，扭伤的腿好像一根折弯的电线。

她梳完头，开始涂口红。这是她第一次用那些年轻女孩用惯了的银色唇膏和眼影，梳洗打扮完毕后，她看了看镜子里的自己，心情很愉悦。虽然已经四十岁了，但只要把眼睛周围因喝金酒和吃糖导致微微发紫的地方遮住，整个人看上去还不错。今晚她就专门买了化妆品盖住这些地方。

欣赏完自己的脸，她开始穿衣服，先是穿上那天下午新买的金色内裤和胸罩，再套上深红色的裤子和与之相称的罩衫，最后戴好炫目花哨的耳环，又在头发上撒了些银色粉末。现在的她看起来像是换了个人，站在镜子前，她一开始感觉有些难为情。打扮成这样，自己到底是在做什么蠢事？但在内心深处，她其实非常清楚自己这样做的目的，只不过她平时很少开启自己那本模糊的心灵手册，里面的数字只有一瓶又一瓶金酒，归档的文件都是关于亡夫的不愉快回忆，真是谢天谢地，还好那家伙死了。不过贝蒂没有把最深处的想法带到表层意识，她不想审视这些。她很善于耍这种伎俩。片刻之后，她觉得自己稍稍习惯了这一身全新的性感主妇形象，接下来，她从梳妆台最上面拿起一杯金酒，用一只手端好，另一只手将紧绷的深红色裤子抚平，贝蒂推开门，走进汤米的房间。

牛顿正在打电话，小屏幕上能够看见那个律师法恩斯沃思的脸。他们通常会在一天之内联系三四次，有一回，法恩斯沃思带了几个年轻人来，那些小伙子脸上写满认真，他们一整天都在贝蒂的客厅里商讨和争论着什么，根本没把女主人放在眼里，就好像她是家具的一部分。只有汤米除外，他很有礼貌，人也很好，因为当贝蒂给这些男人端来咖啡和金酒时，只有他温柔地说了声谢谢。

牛顿和法恩斯沃思还在说话，贝蒂坐到了沙发上，拿起一本旧漫画书，懒洋洋地翻了翻其中画得比较性感的几页，同时继续喝酒。但很快她就感到了无聊，而汤米依旧在说着他们现在在州南部进行的某项研究，还有这里或那里正在出售的股份。她放下漫画书，喝光杯中的酒，拿起放在茶几上的一本书，这是牛顿的书。他前前后后让人往家里送了几百本书，房间里已经堆满了书。原来这是一本诗集，也不知道是哪种类型的诗，她赶忙把书放回原处，又拿起另外一本。书名是《热核引擎》，里面全是各种线条和数字。打扮成这副德行，贝蒂又开始觉得自己蠢了。她站起身，毅然决定再端来两杯金酒，她将其中一杯放到了电视机上，自己拿着另一杯回到沙发上。虽然还是感觉有点傻，但她发现自己在沙发上不由自主地摆了一个电影明星般的诱惑姿势，她懒洋洋地舒展着自己笨重的双腿。贝蒂透过杯子上方看着牛顿，灯光照亮了他的白发，打在他几乎透明的娇嫩褐色肌肤上，他那优雅如女人的手随意地轻扶在桌上。就在这一刻，贝蒂开始有意识地回忆自己从刚才到现在一直在做的事，伴着柔和的光线，以及装在胃里的金酒，一想到牛顿那副奇怪又纤弱的身体即将依偎在自己怀中，她的心底便涌起一丝邪恶的兴奋感。她就这样看着牛顿，任由自己的想象随心意驰骋，她十分清楚，这份特别的兴奋感源自这个男人身上的奇异之处——他生性奇怪，毫无男子气概，也跟性感不沾边。也许自己和那些喜欢跟怪胎或跛子做爱的女人一样。好吧，他这两样都占了——不过她现在一点儿也不在乎，丝毫不感觉羞耻，她穿着紧身裤，胃里装满金酒。要是她能激起对方的欲望（假如他能被唤起的话），她会为自己感到骄傲。哪怕不能，牛顿也不会觉得自己被冒犯（毕竟他为人亲切）。伴随着一股快速、温暖的情绪，她感觉自己的心已经飞向了对方，等喝完酒，她产生了一种类似爱情的感觉，这么多年来还是头一次，夹杂其中的还有渴望，她这一整天都在与这种感觉战斗——从今天早晨开始，她穿上了自己的老旧印花裙，出门买来了内裤、耳环、化妆品和紧身裤，她的脑海里始终有个模糊的计划，但她一直不愿承认这个计划最终指向的究竟是什么。

她又喝了一杯酒，告诉自己要放轻松些。但等待的过程让她越来越紧张。此时的牛顿正在谈论一个叫布赖斯的家伙，法恩斯沃思说这个布赖斯想见他、想为他们工作，不过一定要先跟汤米见面，汤米说这是不可能的，法恩斯沃思则说他们召来的人需要布赖斯的指导。贝蒂开始不耐烦了。谁会在乎这个布赖斯？但接下来，汤米突然结束了交谈，他挂掉了电话，沉默了有一分钟，他看了看贝蒂，若有所思地微笑道："我的新住处已经准备好了，就在州南部的某个地方。你愿意跟我一起去吗？作为我的管家？"

这可真是令人震惊的消息，贝蒂冲他眨了眨眼睛，"管家？"

"对。这周六房间就能准备好，但家具需要布置，也有一些杂事需要处理。我需要人帮忙。而且,"他微微一笑,拄着手杖站起身,一瘸一拐地走向贝蒂,"你知道我不喜欢见陌生人。你可以代替我跟那些人交流。"他站到了她的面前。

贝蒂抬起头,冲他眨了眨眼睛,"我给你倒了杯酒。放在了电视上。"他的提议令人难以置信。早在牛顿搬来住的第二周,地产公司的人就登门拜访过,当时她就已经知道了房子的事 —— 他买的是一幢老式豪宅,地点位于东部山区,坐拥900英亩土地。

他端起酒杯嗅了嗅,"金酒?"

"我觉得你应该试试看,"她说,"很好喝。甜的。"

"不用了,"他说,"不用了。不过我很乐意跟你喝点葡萄酒。"

"好的,汤米。"她站起身,踉跄了一下,接着走进厨房,拿起牛顿的苏玳❶和水晶玻璃杯。"你根本用不着我。"她在厨房里喊道。

牛顿的声音变得严肃起来,"为什么这么说,我需要你。贝蒂·乔。"

贝蒂回到屋内,站到牛顿近前,将杯子递给他。他这个人实在是太好了。贝蒂为自己试图勾引他的想法感到羞耻,就好像对方还只是个婴儿。她没有别的办法,只好沉浸在醉醺醺的自娱自乐中。那个男人也许永远不会理解到底发生了什么事。他很可能就是那种从小在银罐里撒尿的人,倘若有女孩想碰他,他就会跑开。又或许他就是个怪胎 —— 试问谁会成天坐在那儿一直看书,而且他的所作

---

❶ 苏玳(Sauterne):产于法国苏玳地区的葡萄酒。

所为……不过他说起话来可不像个怪胎,她喜欢听他讲话。现在的他看上去好累,不过他一直是这副疲惫的模样。

牛顿一脸痛苦地坐到扶手椅上,将手杖放到旁边的地板上。贝蒂先是坐在沙发上,而后又面对牛顿侧身躺下。他看着她,但又好像没在看她。每当牛顿用这种方式打量她,贝蒂都会感到毛骨悚然。"我穿了新衣服。"她说。

"是。"

"是,对。"她有些难为情地笑了笑,"裤子65块,罩衫50块,我还买了金色的内衣跟耳环。"她抬起一条腿,炫耀着亮红色的裤子,然后隔着衣服挠了挠膝盖。"有了你给我的钱,只要我愿意,我可以把自己打扮得像个电影明星。我可以整容,你懂的,还有减肥,等等。"她抚摸着自己的耳环,若有所思地用力一拽,用指甲感受着充满金属味道的柔软黄金,享受着耳垂上传来的细微疼痛,"不过我也搞不明白。很长时间以来,我一直都是个粗心的家伙。自从我和巴尼开始靠福利金和医疗保障过活,我就彻底放飞自我了,见鬼,慢慢地,你就会喜欢上这种日子。"

牛顿沉默片刻,两个人就这样安静地坐着,贝蒂喝完了杯中酒。最后,他开口道:"你愿意跟我一起去新房子那里吗?"

贝蒂伸了个懒腰,打了个呵欠,她觉得有些累了,"你确定,你真的需要我吗?"

牛顿冲她眨了眨眼,脸上露出贝蒂以前从未见过的表情,仿佛在恳求什么。"当然,我真的需要你,"他说,"我认识的人很少……"

"这倒是,"她说,"我会去。"她疲倦地打了个手势,"要是不去,那我不成傻子了,总之,我想你应该会支付我双倍工资。"

"好。"牛顿的脸稍稍放松了些,他背靠在椅子上,拿起一本书。

还没等他开始看,贝蒂便想起了自己原先的打算,虽然现在的氛围已经冷了下来,但犹豫片刻之后,她还是打算进行最后一次尝试。不过她已经困了,而且心不在焉。"汤米,你结婚了吗?"她问道。提出这样的问题,意图应该足够明显了吧。

即使牛顿看出了对方的意图,他也没有表现出来。"是的,我已经结婚了。"他礼貌地把书放到腿上,然后看着她说。

贝蒂则有些尴尬,"我就是想了解一下。"然后,她又问道,"她长什么样,你的妻子?"

"哦,我想她应该跟我很像。又高又瘦。"

不知怎的,贝蒂的尴尬转变成了愤怒。她喝光自己的酒,甩下一句"过去我也很瘦",那是反抗的语气。接下来,已经感到厌倦的她站起身,一步一步挪到自己的卧室门口。总之,整件事彻头彻尾都愚蠢至极。也许他就是个怪胎 —— 即使结婚了也证明不了什么。总而言之,他是个奇怪的家伙。他人很好,也很有钱,但就像绿色牛奶一样古怪。她道了声"晚安",但依旧怒气未消,她走回自己的房间,开始一件件剥下这些昂贵的衣服。然后,她穿着睡衣在床边坐了一会儿,大脑陷入沉思。脱掉紧身的衣物,贝蒂现在感觉舒服多了,最后躺下时,她的脑海中已经变成了一片空白,她毫不费力地进入了深度睡眠,陷入了无人打扰的愉快梦乡。

第 九 章

他们飞越群山，小型客机行驶平稳，驾驶员技术精湛，没有丝毫颠簸，也几乎感觉不到在移动。他们掠过肯塔基州哈伦市上空，这是一座色彩单调乏味的城市，零星的建筑分散在山麓之间，接着，他们越过广袤贫瘠的旷野，随后降低高度，飞入山谷地带。布赖斯手拿一杯威士忌，眺望着远方湖面闪烁的微光，水平如镜，好似一枚价值昂贵的崭新硬币。高度继续降低，湖水消失在视野之外，飞机落在一处新建成的宽阔混凝土地带，这里位于谷底，地势平坦，周围长满须芒草，还有向上翘起的红色黏土，与自然环境相比，这块混凝土地就像是某个深谙几何学思想的神明用灰色粉笔勾勒出的野生欧几里德图形。

布赖斯甫一下飞机，就被土方机械作业的轰隆声环绕，身穿卡其色衬衫的工人正在施工，看不出他们建造的是什么东西，夏日炎炎，这些人一个个面红耳赤，扯着嘶哑的嗓音互相喊话，现场一片混乱。这里有机械工棚、巨型混凝土平台（不清楚用途），还有一排营房。离开了行驶平稳、备有空调冷气的飞机（这可是托马斯·杰尔姆·牛顿的私人专机，特地派去路易斯维尔接他的），失去了方才的宁静与凉爽，布赖斯有些不知所措，高温和噪音令他头昏脑涨，狂热的氛围与意义不明的建造活动让人摸不清方向。

一位年轻人走到布赖斯面前，对方相貌粗犷，就像从香烟广告中走出来似的。男人戴着一顶木髓头盔，挽起的袖子下露出健硕黝黑的肌肉，彰显着青春的活力。小伙子看上去就像那些几被遗忘的少年小说主人公，布赖斯依稀还记得，在自己满腹抱负的青春期，正是其中一本小说让他立志成为一名工程师——一名化学工程师，一个崇尚科学的实干家。可是，想到自己现在的大肚腩、灰白的头发，以及嘴里残留的威士忌味道，布赖斯没有对年轻人微笑，但他也点了点头，算是打了个招呼。

年轻人伸出手，"您就是布赖斯教授？"

布赖斯握过小伙子的手，本以为对方会装模作样地用力握住，不过令人高兴的是，他感受到的力度很轻柔。"已经不是教授了，"他说，"但我还是布赖斯。"

"好的。好的。我是霍普金斯。这里的领班。"这家伙表现得过分友好，给人的感觉像一条狗，好像在乞求主人的允许，"布赖斯博士，您觉得这里怎么样？"对方指了指拔地而起的一排排建筑。不远处耸立着一座高塔，好像是某种类型的广播天线。

布赖斯清了清嗓子，"我也说不上来。"他本想打听一下他们在这里建造的是什么东西，但又觉得自己的无知可能会让气氛变得尴尬。为什么法恩斯沃思——那个像小丑一样的胖子不说清楚他们雇佣自己的原因？"牛顿先生在等我吗？"布赖斯大声问道，他的眼

079

睛没有直视年轻人。

"当然。当然。"年轻人突然提高了行动效率,催促着布赖斯来到飞机另一侧,原来这里停着一辆小型单轨车,之前由于视线被遮挡而没有注意到,下面的轨道闪烁着暗淡的微光,一路蜿蜒至山谷边缘的丘陵地带,看上去就像用铅笔勾勒出的一道银色细线。霍普金斯向后滑动车门,露出打磨光滑的皮革装饰,车厢内部是令人惬意的昏暗空间,"这辆车能在五分钟内把您送至府邸。"

"府邸?距这里多远?"

"大约四英里。我会提前打电话,布林纳德会在那边恭候您大驾。他是牛顿先生的秘书,届时可能会与您进行面谈。"

上车前,布赖斯略有迟疑,"我见不到牛顿先生吗?"这份顾虑搅得他心神不宁,经过两年时间,自己竟然还见不到世界色彩的创始人?见不到得克萨斯州最大炼油厂的经营者?见不到这位开发出三维电视、可反复曝光的摄影底片,还有自动变频染印法的发明家?这家伙要么是这世上最具创意的天才,要么就是个外星人。

年轻人皱起眉头,"我想应该是。我来这儿已经六个月了,但还从未见过他本人,只是隔着车窗看到过他的影子,当时他就在您即将乘坐的这辆车里。他大概每周都会乘车来这边一趟,我猜是来检查施工进度的。但他从不下车,车厢里面太黑了,你看不清他的脸,只有一个影子在向外窥视。"

布赖斯钻进车里坐好。"他一直都没下过车?"他朝飞机的方向点了点头,不知从哪儿冒出来了几个机械师,他们正在认真检查喷气客机的状况,"不是还要坐飞机……去其他地方吗?"

霍普金斯咧嘴一笑,在布赖斯看来,年轻人的举动显得傻乎乎的。"只在晚上才下车,那时你也看不清他的样子。他个子很高,不过很瘦。这是飞行员告诉我的,但以上就是全部情况了。飞行员似乎不太爱说话。"

"我明白了。"他按动门边的按钮,车门悄无声息地往回滑动。在车门关闭的同时,霍普金斯道了声"祝您好运",布赖斯也很快回了句"谢谢",但他不清楚自己的声音是否被车门拦在了里面。

和牛顿的专机一样,整个车厢非常隔音,内部也很凉爽。车辆起步时几乎感觉不到在加速,提速过程异常平稳,很难察觉出车子在移动,这些特点也跟那架专机一样。布赖斯转动一旁的银色旋钮,调高车窗玻璃的透明度,显然,他们还专门设计了这种功能,他望向窗外,映入眼帘的是看起来摇摇欲坠的铝板建筑工棚,还有成群结队的工人——在如今这个自动化工厂遍地、每天只需工作六个小时的时代,眼前的场景既让他觉得不同寻常,又令他感到心满意足。

这些人似乎充满激情,每个人都全身心投入,干得热火朝天,在肯塔基的烈日下汗流浃背。他突然想到:他们一定是得到了非常丰厚的报酬,才会来到这片贫瘠的土地,这里远离尘世,没有高尔夫球场,没有市政赌场,也没有其他聊以慰藉的东西。布赖斯看到一位年轻人(他们中的许多人看起来都很年轻)正坐在一辆巨型推土机顶部的驾驶室里,小伙子操作着机器掀起大量泥土,乐在其中,笑得合不拢嘴。布赖斯一时间妒火中烧,他嫉妒对方的工作,嫉妒

081

年轻人在烈日骄阳下呈现出的那份青春活力、自信无敌，以及从容不迫。

没过多久，布赖斯便离开了建筑工地，车子穿行在枝叶繁茂的群山间，此时的移动速度很快，树木在靠近他时纷纷化作一道道混杂着阳光与绿叶的模糊光影。他向后一仰，背靠在极度舒适的坐垫上，准备享受余下的旅途。但他太过兴奋，精神无法放松，事情一件接一件发生，不给人留下丝毫喘息的时间，这片土地既陌生又新奇——此处可谓幸福的远方，事到如今，他终于离开了艾奥瓦，告别了大学生、留着胡须的知识分子，还有那群跟卡努蒂一样的家伙。他望向窗外，光与影、淡绿与暗黑交替闪烁的速度越来越快，接着，车子飞速驶过一处斜坡，窗外的景色陡然变化，他看到前方的湖面泛起微光，湖水自洼地中心向四周散开，好似一片奇异的蓝灰色金属，又像一张静谧的巨大圆盘。那幢古老的白色豪宅就位于坡道前方、山的阴影下，映入眼帘的是装饰着白色圆柱的门廊与紧闭的巨型窗扇，这所宅邸就这样静静地矗立在宽阔的湖水边，稳稳地栖息于山脚下。单轨车沿下坡路继续前行，远方的宅邸与湖面消失在另一座山的背后，布赖斯注意到车子开始减速。一分钟后，宅邸与湖面再次出现，车子沿着宽阔的弧线滑行，轨道与湖水边缘十分巧妙地契合在一起，布赖斯看到有人站在宅邸侧面等他。车子缓缓停下，布赖斯深吸一口气，触碰门把，看着木板门无声滑开，然后他下了车，走到山的阴影中间，空气中弥漫着松树的味道，湖水轻拍岸边，发出几乎捕捉不到的细微声音。面前的男人身材矮小、皮肤黝黑，一双小眼炯炯有神,还留着胡子。对方迎上前,脸上挂着礼节性的微笑,"布赖斯博士?"口音听上去像法国人。

布赖斯突然感到一阵兴奋,随即应道:"布林纳德先生?"他伸出手,"很高兴认识你❶。"

男人握住布赖斯的手,轻轻扬了扬眉毛。"博士,欢迎您。牛顿先生正在等您。那么……"

布赖斯屏住呼吸,"牛顿要见我?"

"是的。我来给您带路。"

走进宅邸,迎面撞见三只猫,它们刚才一直在地上玩耍,现在则一齐盯着面前的访客。它们应该就是普通的流浪猫,不过吃得很好,对于布赖斯的到来,这些家伙的态度很是轻蔑。他不喜欢猫。法国人一言不发地带他穿过客厅,走上铺着厚地毯的楼梯。墙壁上挂着几幅画——都是一些风格奇特、看上去就很贵的作品,出自他不认识的画家之手。楼梯很宽,而且还有弧度。他注意到楼梯边上有一个折叠起来的电动座椅,可以顺着扶手上下移动。莫非牛顿是个跛子?这所宅邸除了牛顿、法国人和那些猫之外,似乎也没有其他人了。他回头瞥了一眼,那些猫还在盯着自己,眼睛瞪得大大的,目光中充满好奇与傲慢。

楼梯最上面是走廊,走廊尽头有一扇门,显然,这扇门的背后

---

❶ 这里布赖斯说的是法语,后面布林纳德回应的也是法语。

就是牛顿的房间。门开了，从里面走出来一个腰系围裙、眼神忧郁的胖女人。她走到两人面前，朝布赖斯眨了眨眼，"我想您就是布赖斯教授吧。"她的嗓音有些嘶哑，但语气亲切，带着浓重的乡下口音。

布赖斯点了点头，女人把他领到门口。他一个人走进屋内，发现自己呼吸短促、双腿发颤，这令他错愕不已。

房间很大，里面很冷。这里有一扇可以俯瞰湖面的巨大凸窗，玻璃几乎是不透明的，只有朦胧的光线透过窗户渗进屋内。房间里似乎摆满了家具，各式各样的颜色令人眼花缭乱——随着他的眼睛逐渐适应了周围昏暗的黄光，沙发、桌子、写字台等笨重物件分别呈现出蓝、灰以及褪了色的橙等不同色彩。后墙上有两幅画正对着布赖斯：其中一幅是某种大型鸟类的蚀刻版画，可能是苍鹭，也可能是鸣鹤；另一幅则是有些神经质的抽象画，可能是出自克利❶这样的画家之手。也许这就是克利的作品。总之，这两幅作品根本搭不到一起。角落里还摆着一个巨型鸟笼，里面是一只紫红相间的鹦鹉，似乎还在睡觉。就在这时，一个又高又瘦的人拄着手杖缓缓向他走来，对方的长相看不清楚。"布赖斯教授？"说话的声音清晰、语气和善，稍稍带着一些口音。

"是我。您是……牛顿先生吗？"

"没错。我们坐下来聊一会儿吧。"

❶ 保罗·克利（Paul Klee，1879—1940）：瑞士裔德国籍画家。

布赖斯找了个地方坐下，两个人交流了几分钟。牛顿为人和善，很好相处，只是行为举止略显做作，不过他既不会强迫别人接受自己的观点，也没有表现得自命不凡。他天生就具备某种高贵的气质，他饶有兴趣地跟布赖斯聊了聊刚才的画作（确实是克利的作品），言语间尽显睿智。在讨论这幅画时，他站起身，指着上面的一些细节，布赖斯第一次看清了他的长相。那是一张漂亮的脸，五官精致，很像女人，某些特征有些奇怪。之前布赖斯在心里摆弄了一年多的荒唐想法突然再次涌上他的心头。昏暗的光线下，一个长相奇特的高个子男人伸出自己纤细的手指，对着一幅内容诡异、线条紊乱的画作指点江山，眼前的景象在此刻竟显得一点儿也不荒诞。"布赖斯教授，我们去喝一杯怎么样？"当牛顿回过身，微笑着对布赖斯说出这句话时，方才的幻象全部消散，他用自己的理性解释了这一切。毕竟这世界上还有长相更奇怪的人，而且之前也出现过杰出的发明家。

"我也想喝一杯，"布赖斯应道，但他随即又说，"但我知道您很忙。"

"没事。"牛顿微微一笑，态度十分随和，他朝门口走去，"至少今天没那么忙。你想喝点什么？"

"苏格兰威士忌。"他本来还想补充一句"如果这里有的话"，不过他忍住了。他觉得牛顿应该会有这种酒，"苏格兰威士忌加水。"

牛顿并没有用按钮或鸣锣传唤用人——在这样一所宅邸里，即便敲锣打鼓也不会显得夸张——他只是打开门，喊了声"贝蒂·乔"。待对方应答后，他又说："请给布赖斯教授拿一杯苏格兰

085

威士忌，配上水和冰块。给我来一杯金酒，加上苦味剂。"说罢他便关上门，坐回到椅子上。"我最近才喜欢上金酒。"他说。一想到要往金酒里加苦味剂，布赖斯的心里就直打战。

"对了，布赖斯教授，你对我们这个地方有什么看法？我想你在下飞机时应该已经目睹了所有的……活动吧？"

布赖斯往椅背上靠了靠，现在他感觉轻松许多。牛顿为人十分和善，似乎真心诚意地在听取自己的看法，"是的。看起来很有意思。但说实话，我并不清楚您在建造什么东西。"

牛顿盯着布赖斯看了一会儿，接着哈哈大笑，"在纽约时奥利弗没有告诉你吗？"

布赖斯摇摇头。

"奥利弗有时会对一些事讳莫如深。当然，我并不想让他凡事都做到那种地步。"牛顿微微一笑——这是第一次。布赖斯被这一笑搅得有些心烦意乱，不过他也不晓得到底是什么东西让自己如此在意。"也许这就是你如此迫切想要见我的理由？"

牛顿显然只是随口一说。"可能吧。"布赖斯道，"还有其他原因。"

"哦？"牛顿正要说些什么，但门开了，贝蒂·乔端着盛放着瓶子和水罐的托盘走进屋内，他随即闭上了嘴巴。布赖斯仔细打量起这个女人。她是个略有几分姿色的中年妇女，是那种可以在午后场演出或者桥牌俱乐部里遇到的女人。不过跟那些人不同，她的脸上没有迷茫，没有傻气，透过她眼睛周围的肌肤和丰满的嘴唇，你可以嗅出一丝温暖、幽默和愉悦的痕迹。但是，作为这位百万富翁身边目前见到的唯一仆人，她身上还是有些地方与这里格格不入。贝蒂一句话也没说，放下酒水后便离开了，在经过布赖斯身边时，女人身上难以掩盖的酒味和香水味把这位博士吓了一跳。

苏格兰威士忌是刚刚打开的，布赖斯又惊又喜，他给自己倒了一杯。难道这就是百万富翁科学家的生活方式？客人只要了一杯酒水，但一个喝得半醉的仆人端进来了一大瓶。也许这是最好的解决办法。两个人默默倒好酒，喝完第一杯后，牛顿出乎意料地开口道："那是宇宙飞船。"

布赖斯眨了眨眼睛，没有明白这句话的意思，"您说什么？"

"我们在这里建造的东西将会成为一艘宇宙飞船。"

"啊？"真令人感到意外，但也不算太意外。无人驾驶的空间探测飞船，这类东西很常见……几个月前，就连古巴国家集团都建了一个。

"您是需要我来研究用于骨架制造的金属材料吗？"

"不。"牛顿小口啜饮，他喝得很慢，眼睛望向窗外，似乎在思考别的什么事。"骨架部分已经全部造好了。我想让你负责研究燃料运输系统——找到能够作为容器的材料，用来盛放一些化学物质，比如燃料和废物等。"牛顿转过身，对着布赖斯再次微笑，布赖斯意识到这笑隐隐令人不安，这笑容背后隐藏着某种无法理解的疲倦感。"我对材料方面知之甚少——什么耐热性、耐酸性、抗压性之类的。奥利弗说你是从事此项工作的最佳人选之一。"

"法恩斯沃思可能过誉了，不过我确实对这方面比较了解。"

话题似乎就此打住，两个人一时间陷入沉默。从牛顿提到宇宙飞船的那一刻开始，之前布赖斯心中的疑问又回来了。但同时也带来一个明显的反证——如果牛顿确实来自其他星球（这是多么疯狂的想法），那他和他的工人根本没必要制造宇宙飞船。因为他们早就拥有了宇宙飞船。他对着自己笑了笑，对着自己这种廉价的、停留在科幻小说层面的内心对话笑了笑。如果牛顿真是火星人或金星人，不管怎样，他一定会用带来的热射线把整个纽约炸熟，或者计划让芝加哥崩溃，或者将年轻女孩抓入地下洞穴，作为异世界的牺牲品。贝蒂·乔吗？由于威士忌酒和疲劳的双重作用，布赖斯的大脑现在极富想象力，想到这儿，他差点笑出声来。电影海报上画着贝蒂·乔，一旁的牛顿戴着塑料头盔，手里拿着射线枪威胁她，那是一把笨重的银色枪支，配有重型翼状换流器，枪口正在发射一道又一道明亮短小的锯齿形激光。牛顿依旧心不在焉地望着窗外。他已经喝完了一杯金酒，又给自己倒了一杯。一个喝醉的火星人？一个会喝金酒加苦味剂的天外来客？

之前牛顿就会冷不丁地冒出一句话（但并不会让人觉得粗鲁），这一次，他回过头，又突然说："布赖斯先生，你为什么想见我？"他并不是在逼问，只是好奇。

这个问题让布赖斯猝不及防，他犹豫片刻，给自己又倒了一杯酒，以掩盖这份迟疑。然后，他说："您的工作成果给我留下了深刻印象。那些摄影胶卷——色彩。X射线——还有您在电子设备领域的革新。我认为它们是近几年来我见过的最……最具创意的想法。"

"谢谢。"此时的牛顿似乎对这个话题更感兴趣了,"我还以为不会有人知道是我……发明的那些东西。"

牛顿讲话时那种疲惫但冷静的态度令布赖斯感到有些羞愧,他不该在好奇心的驱使下从 W. E. 公司一路追查到法恩斯沃思,并逼迫法恩斯沃思安排此次会面。他觉得自己就像个孩子,想要引起为人宽厚的父亲的注意,结果却失败了,反而给父亲带去了不安和疲惫。此时此刻,他觉得自己可能脸红了,幸亏房间里光线昏暗,即使真的脸红也不会被对方察觉。

"我……我向来很钦佩那些聪明绝顶的人。"不知怎的,布赖斯好像陷入了窘境,说起话来像个小学生,他在心里不断咒骂自己。不过当牛顿用谦虚礼貌的言语回复他时,布赖斯立刻意识到对方可能已经喝醉了,这份尴尬转而变成了震惊。他听出牛顿的语气越来越冷淡,似乎对话题失去了兴趣,声音也变得含混不清,他看到牛顿将两只眼睛瞪得大大的,但目光涣散、一副心不在焉的模样,他不知道牛顿是醉得太厉害(那种安静、深沉的醉),还是病得很重,无论是哪种,对方都隐藏得很好,让人难以觉察。突然之间,布赖斯对这个瘦弱孤独的男人产生了短暂的喜爱之情 —— 难道自己也喝醉了?莫非牛顿也会经常在清晨安静地买醉?难道他也在寻找 —— 寻找一个可以让生活在这个疯狂世界里的理智人不再早起喝醉的理由?还是说,这不过是那些天才诸多臭名昭著的异常行为之一? 是一种狂野而孤独的精神抽离? 如同一台电子设备产生的臭氧一样?

"奥利弗有没有跟你商议薪资事宜? 你还满意吗?"

"一切都安排得很好。"布赖斯站起身,他意识到牛顿的问题已经为此次会谈画上了句号。"我对薪水很满意。"在主动告别前,他又说,"牛顿先生,在离开前,不知道我能否再问您一个问题?"

牛顿似乎没有听见布赖斯的话,他还在眺望窗外的风景,纤细的手指轻握空杯,他的脸很光滑,没有皱纹,但整个人看上去十分苍老。"当然可以,布赖斯教授。"他的声音很轻,几乎是在耳语。

布赖斯感觉又有些窘迫和尴尬。这个男人实在是温和得难以置信。他清了清嗓子,注意到房间里的鹦鹉已经醒来,和之前的猫一样,鸟儿正用好奇的目光注视着布赖斯。他感到一阵头晕目眩,确信现在自己的脸已经红了。他结结巴巴地说:"也没什么重要的,我想。我……我改天再问您吧。"

牛顿打量着他,好像没有听到这句话,又好像还在等对方开口。他说:"当然可以。改天吧。"

布赖斯礼貌告辞,随后离开房间,他眯着眼睛回到亮处。再次下楼时,几只猫已经不见了踪影。

第十章

接下来的几个月里,布赖斯比以往任何时候都要忙碌。从布林纳德将他带出宅邸、送到湖对岸的研究实验室那一刻开始,他就全身心地投入到牛顿所期待的一系列工作中,这份意愿与热情是他之前从未有过的。许多合金材料都需要他来选择与开发,无数实验等待进行,他要在塑料、金属、树脂和陶瓷等材料中找到理想的耐热性和耐酸性标准。一直以来,他受到的都是这种训练,这份工作简直就是为他量身定制,他很快便适应了这种节奏。布赖斯手下有十四名员工,工作地点是一间用铝板搭建而成的大型实验室工棚,他拥有几乎无限的预算、一间不算太大的四居室私人住宅,以及自由前往路易斯维尔、芝加哥和纽约的飞行权限(不过他从未使用过)。当然,他也遭遇过一些烦心事和混乱状况,特别是在一些关键设备或材料必须按时送达的时候,助手之间偶尔也会发生一些小争吵,这些小烦恼虽然涉及方方面面,但还没大到妨碍工作的地步。布赖斯太忙了,即便遇到不开心的事,他也没时间难过。他全神贯注、全心投入,这是他当教师时从未有过的体验,布赖斯非常清楚,他的人生价值很大程度上取决于他所从事的工作。他知道自己已经彻底跟教学决裂，就像几年前他完全放弃政府工作一样，他必须完全相信自己现在投身的事业，这是非常必要的。他已经不再年轻，经不起再次失败，不能再度陷入绝望的境地，否则他将永远无法翻身。所有的事都是从一卷火药纸开始，多亏了自己那荒诞如科幻小说一般的推测，在经历了一系列事件后，布赖斯最终得到了许多人梦寐以求的工作。他经常废寝忘食地干到深夜，早晨也不再喝酒。他需要遵守工期，必须在规定时间内将原定设计图纸转化为可生产状态，不过他并不担心这些，他的进度远超预期。只是有些时候，他发现这项工作属于应用性研究，而非真正的基础性研究，这一点让他有些担忧，也许自己现在真的有些老了，有点看破红尘的意思，荣誉也好、诚信也罢，他现在不会再去考虑那些问题了。可能唯一需要考虑的伦理问题就是自己正在研制的究竟是不是一种新式武器，一种可以肢解人类或摧毁城市的新手段。当然，答案是否定的。他们正在建造一种运载工具，可以携带仪器围绕太阳系运行，里面的东西虽说有一定价值，但至少是无害的。

布赖斯会不定期收到布林纳德送来的文件夹，里面是牛顿提供的各种技术说明，他的日常工作之一就是核查自己的进度是否符合要求。他将这些文件称作"水管工大师的清单"，其中大部分是关于制冷系统、燃料控制系统，以及导航系统中数以百计的小型部件的参数规格，想要验证这些参数，就需要对材料的导热性、抗电阻性、化学稳定性、质量和燃点等特性进行一定测量。布赖斯的任务就是找出最合适的材料，如果无法找到最优品，那就去找次优品。大多时候，任务完成得都很容易，他禁不住会想："牛顿对材料方面还真是一无所知。"但在有些时候，没有已知材料能够匹配相关参数。面对这种情况，他只得与项目工程师共同商讨，形成最精准、最可行的折中方案。这份折中方案会呈交给布林纳德，并由牛顿做出最终判断。项目工程师告诉布赖斯，在项目开发的六个月时间里，这样的麻烦从未间断，牛顿是一位天才设计师，他搞出的整体模型是他们见过最为复杂的设计，其中包含数以千计的令人称奇的革新，不过，他们现在已经研究出了数百种折中方案，而且飞船本身的制造还要再等一年才会启动。整个项目计划在六年内做好（即1990年结束），但届时能否顺利完工，每个人心中似乎都抱有疑问。不过这些想法并没有令布赖斯感到不安。尽管他和牛顿只有过一次会谈，而且对方态度暧昧，但他对这个怪人的科研能力非常有信心。

来到肯塔基的三个月后，布赖斯在一个凉爽的夜晚有了新发现。时间临近午夜，整栋实验大楼只剩博士一人，他待在建筑一侧尽头的私人办公室，浏览着一张张堆满数据表格的说明书，他满脸疲惫，但还不想回家，因为夜晚令人愉悦，他很享受实验室的宁静氛围。布赖斯漫不经心地盯着其中一张图纸，上面是牛顿绘制的冷却系统示意图，利用该系统可以消去飞船再入大气层时产生的热量，博士顺着牛顿的思路研究着各部件之间的关联，就在这时，他发现上面的测量和计算方法有种说不出的奇怪，莫名其妙的感觉搅得他心烦意乱。接下来的几分钟，他咬着铅笔头，一会儿盯着排列整齐的图表，一会儿又望向正对湖面的窗户。数字与图形没有任何问题，但有什么东西令他焦虑不安。之前他就曾注意过,只是抛到了脑后,但他又无法指出其中的矛盾之处。窗外,一轮皎洁的半月悬在漆黑的湖面上,昆虫隐藏身形,在远处窸窸窣窣。这样的情景好奇怪——就像是在月球上看到的风景。他回过神,望着桌上的文件。最中间的一组数字是表示发热量的级数——不规则的数列,牛顿在试图说明这种管材的特性。这个数列似乎在暗示些什么,看上去像是对数级数,实际上又不是。如果不是,那这些数字又是什么呢?为什么牛顿选择用这一组数值举例,而不是其他数字呢?应该就是随意写的。这些数值不满足任何运算条件。它们只是暂定的数值要求,而找到最接近这个规格的材料,算出实际的数值,则是布赖斯的工作。他盯着纸上的数字,似乎想要伴着它们缓缓入眠,这些数字在他的眼前融为一体,除了数字的形还在,其他一切在他看来似乎都失去了意义。他眨了眨眼睛,努力将视线移开,再次凝视窗外肯塔基的夜色。月亮已经变换了方位,被湖前面的山遮蔽。隔着黑色的湖水,他看到了那幢豪宅二楼映出的朦胧灯光,那里可能是牛顿的书房,头顶的星星好像无数闪着微光的银针,又像是在漆黑天空中洒下的一粒粒荧光粉末。突然之间,毫无征兆,窗外传来牛蛙呱呱的叫声,把布赖斯吓了一跳。牛蛙持续鸣叫了好几分钟,周围没有同类回应,也没有生物附和,它的叫声是那样深沉、那样洪亮,似乎在呼唤着什么,它拖着湿漉漉的身子,不知道蹲在哪个角落。布赖斯的眼前突然浮现出这样一幅画面:那只两栖动物身体蜷成一团,两条后腿贴在下颌底部,缩在被露水打湿的清凉草丛中。一时间,蛙鸣似乎与湖水产生了有节奏的共鸣，但接下来，叫声戛然而止，布赖斯的耳朵有些不开心，他一直在等待最后一拍，却始终没出现。但那些昆虫又一齐鸣叫起来，布赖斯拖着疲惫的身体，注意力又回到了面前的纸上，直到这时，他才恍然大悟，眼睛不由自主地扫过那些熟悉的数字，这些一直困扰着他的数字终于变得清晰起来。它们就是对数级数，而且只能是对数级数。但不是常用对数——不是以数字10、2，或 π 为底——而是以其他数字为底，真是前所未闻。布赖斯拿起桌上的计算尺，身体的疲倦一扫而空，他开始用试错法进行分解……

　　一小时后，布赖斯站起身，舒展四肢，离开了办公室，他穿过湿漉漉的草地，来到湖边。月亮又出来了，他看着倒映在湖面的月影，片刻后又望向牛顿的窗户，有个问题已经困扰了他二十分钟，现在，他用温柔的语气，大声道出了这个疑问："到底是什么样的人才会用12为底的对数进行运算？"牛顿房内的灯比月光还要暗淡许多，那扇窗户仿佛一只眼睛，茫然地注视着布赖斯，在他的脚边，湖水轻轻冲刷着岸边，似在打着机械重复的微弱节拍，虽单调乏味又宁静安谧，自世界诞生之初，便有了这样的律动。

097 — 218
1988 年：侏儒怪 ❶

❶ 侏儒怪（Rumpelstiltskin）：德国民间故事中的侏儒，他给国王的新娘提供帮助，条件是让新娘把她的第一个孩子送给自己，或者猜出侏儒的名字。结果新娘猜对了，格林童话中侏儒一气之下骑上长柄勺飞出窗去，再也没露面。

第 一 章

等到了秋天，环绕湖水四周的群山换上新装，红、黄、橙、棕四种色彩相互交汇。随着天气转冷，湖水更显湛蓝，水中倒映着山上五彩斑斓的树影。待风一吹，水面便泛起阵阵涟漪，眺望湖面，只见红黄闪烁，落叶缤纷。

布赖斯时常陷入沉思，偶尔他还会站在实验室门口，凝望湖对岸的群山，视线停留在T. J. 牛顿居住的宅邸。布赖斯工作的地方是一栋使用铝板和胶合板搭建而成的新月形建筑，实验室坐落在月牙一端，与牛顿宅邸相距一英里多的路程。月牙的另一端，每当太阳闪耀，那东西（或者说项目、飞船，随便怎么称呼）打磨光亮的船体就会在光线照射下熠熠生辉。望着眼前这个银色的庞然大物，布赖斯有时会产生一种类似骄傲的感觉，有时又会觉得滑稽可笑，这玩意儿好像是印在太空主题儿童读物中的插画，但还有一些时候，这东西会让他感到恐惧。布赖斯只需站在门口便能望见人迹罕至的湖对岸，映入眼帘的景象形成了一幅奇妙的对比图（布赖斯之前便注意到了，从此以后，他时不时地就会瞧上一眼），两边的风光完全不同：右手边是一所维多利亚风格的老式宅邸，凸窗、白色护墙板，还有装饰在三处门廊周围的巨大柱子（毫无用处的设计），房屋始建于一个多世纪前，建筑手法拙劣，品位粗俗傲慢，最初的主人早已化身尘土，他没有留下姓名，只晓得是位大亨，可能从事烟草、煤炭或木材生意；而位于他左手边的，是所有建筑中最朴素也最具未来色彩的东西——宇宙飞船。是的，一艘宇宙飞船就这样堂而皇之地停靠在肯塔基的牧场上，四周环绕着秋日群山；至于飞船的主人，他和一位喝醉的仆人、一位法国秘书、鹦鹉、画和猫住在同一所宅邸里。隔在飞船与宅邸之间的，是水、是山，是布赖斯本人，还有天空。

十一月的某日清晨，由于受不了手下一位年轻实验室助手过分一本正经的做派，布赖斯来到大门口。他花了几分钟时间，再次眺望熟悉的风景，助手的表现让他不禁想起过去的自己：他也曾对科学工作产生过绝望情绪，参与研究的年轻人一个个装腔作势，令他深恶痛绝。他突然决定出去走一走，之前他从未想过要绕着湖面走一圈。更何况，也没有不能这样做的理由。

空气很冷，他思虑片刻，觉得应该先回实验室拿件夹克。好在还有温暖和煦的阳光。沿着十一月清晨的道路漫步，走出树荫，驻足湖边，这种感觉十分惬意。他离开建筑工地和宇宙飞船，径直往宅邸方向走去。布赖斯穿了一件格子羊毛衫，衣服已经褪色，这是亡妻十年前送给他的礼物。走了一英里，暖和起来的身体开始刺痛博士的神经，他不得不将袖子挽到肘部。他的前臂又瘦又白，布满毛发，在阳光照射下显得异常苍白，如同耄耋老叟的肢体。脚下是遍地砾石，偶尔也会看到杂草丛生。一路上，布赖斯遇到了几只松鼠和一只兔子。还有一次,他看到一条鱼跃出湖面。他路过几栋建筑,经过一处类似金属加工车间的地方,有人朝他挥手致意,其中一位还叫出了布赖斯的名字,但他没有认出对方是谁。他回以微笑,也挥了挥手。布赖斯逐渐放慢行走速度,任凭思绪驰骋。中途他停下脚步,想拿几块扁石头在湖面打水漂,结果只有一颗石头勉强漂起来一次。其他的则是刚一入水便沉了底,可能是扔的角度不对吧。面对这样的结果,他摇了摇头,觉得自己很傻。头顶上方的高空,十几只鸟儿无声地飞越天际。布赖斯继续向前走着。

时间未至晌午,他已经来到宅邸前,这里距湖边只有数百英尺,房门似乎还关着,周围静悄悄的。他盯着楼上的凸窗看了一会儿,除了玻璃反射出的天空镜像,别的什么都看不到。头顶太阳的位置快要接近此时节的最高点,这会儿布赖斯已经沿着荒无人烟的岸边漫步到了湖对岸。这边的杂草跟野草更多,周围是低矮的灌木、秋麒麟草,还有几根烂掉的原木。布赖斯立刻想到这里会不会有蛇,他讨厌蛇,但没过多久,他便打消了这个念头。他看见一只蜥蜴一动不动地趴在岩石上,它的眼睛好像两颗玻璃珠。布赖斯觉得饿了,他漫不经心地盘算着如何解决这个问题。他有些累了,于是来到湖边,找到一根原木坐下,他松开衬衣纽扣,拿起手帕擦了擦后颈,又盯着湖水看起来。布赖斯瞬间感觉自己好像亨利·梭罗❶,他

---

❶ 亨利·梭罗(Henry Thoreau,1817—1862):美国作家、哲学家。

暗暗发笑。大多数人都在安静的绝望中生活。❶他回头望了望宅邸方向，房屋现在有一部分被树木遮住了。远处似乎有人正在向他走来。光线强烈，他眨了眨眼，打量了好一会儿，才逐渐看清对方的模样，是T. J.牛顿。布赖斯把双肘支在膝盖上，就这样等着。他感觉有些紧张。

牛顿的胳膊上挎着一个小篮子。他上身穿着短袖白衬衣，下身是宽松的浅灰色长裤。他走得很慢，高高的身躯挺得笔直，动作还带着一丝优雅。牛顿的走路方式有种说不出的怪异，让布赖斯回想起自己第一次见到同性恋的情景，那时他还小，还不懂什么是同性恋。但牛顿走路的样子跟那些人不同，也跟所有人都不一样，他的脚步看起来既轻盈又沉重。

等走到布赖斯能听见他讲话的地方，牛顿开口道："我带了奶酪和葡萄酒。"他戴着一副墨镜。

"好呀。"布赖斯站起身，"我经过宅邸时您看到我了吗？"

"是的。"这根原木很长，整体呈半圆形。牛顿坐在了木头的另

---

❶ 出自梭罗作品《瓦尔登湖·经济篇》。原文："The mass of man lead lives of quiet desperation"，但本书在引用此句时用的是"Most men lead lives of quiet desperation"，二者仅在主语部分有细微区别。后世常有人将此格言说成"Most men lead lives of quiet desperation and die with their song still inside them"（中译："大多数人都在安静的绝望中生活；当他们进入坟墓时，他们的歌还没有唱出来"）。

一端,将篮子放到脚边。他拿出一瓶葡萄酒和一个开瓶器,把两样东西递给布赖斯,"你能把瓶子打开吗?"

"我试试。"布赖斯接过酒瓶,他注意到牛顿的胳膊和自己一样瘦削苍白,不同的是上面没有一根毛发。牛顿手指细长,指关节也是他见过最小的。牛顿递酒瓶时,他的两只手一直在微微颤抖。

这是一瓶博若莱葡萄酒❶。布赖斯用膝盖夹住冰冷潮湿的酒瓶,随后操作起开瓶器。整套动作相当熟练,跟拿扁石头打水漂相比简直判若两人。砰的一声,他干净利落地拔起木塞,只试了一次便大功告成。牛顿走过来,将手里的两个玻璃杯(不是那种高脚杯,而是平底杯)递给布赖斯,让他倒酒。"尽管倒。"牛顿低下头,微笑着望向布赖斯,布赖斯将两杯酒几乎斟满。牛顿的声音十分动听,之前说话时带有的些许口音现在听来也自然了许多。

葡萄酒的品质很好,清凉芳香的味道沁入干燥的喉咙。一口下肚,布赖斯的胃立刻暖和起来,酒精给他带来了生理与精神的双重快乐,这美妙的滋味真是久违了——正是得益于这份快乐,无数人才能坚持活下去,也正是这份快乐,多年来始终支撑着布赖斯。奶酪则是味道浓烈的切达干酪,保存了很长时间,切成薄片,吃的时候很容易掉渣。接下来的几分钟,两个人安静地吃着奶酪、喝着酒。他们坐在树荫下,布赖斯把袖子放了下来。由于没在走路,他又开始感觉凉了。他搞不懂:牛顿穿得这么少,为什么看上去一点儿也不

---

❶ 出产于法国博若莱(Beaujolais)地区的葡萄酒。

冷？他应该是会裹着大披肩、守在火炉旁的那种人才对——就像乔治·阿利斯❶在老电影里扮演的角色：身体瘦弱、脸色苍白、血液冰冷。但牛顿究竟是什么样的人，又有谁能说得清呢？他可能是英国喜剧中不知来自何方的外国伯爵，也可能是年老版的哈姆莱特，他可能是个疯狂科学家，小心谨慎地计划着将全世界炸飞，也可能是低调的科尔特斯❷，悄无声息地使用当地劳动力建造属于自己的堡垒。说到科尔特斯，布赖斯之前认为牛顿可能是外星人的想法再次浮现，这个念头一刻也不曾从他的脑海中抹去。就在这一瞬间，以上任何假设都有可能变为现实：他，内森·布赖斯，也许正在和火星人一起喝酒、吃奶酪，这种事现在看来也没有那么荒唐。有什么不可能的？既然科尔特斯率领约400人的队伍就可以征服墨西哥，那火星人是不是单枪匹马就能攻占地球？似乎很有可能，布赖斯坐在原地，胃里的葡萄酒四处晃荡，阳光洒在他的脸上。坐在一旁的牛顿细细咀嚼着口中的食物，小口啜饮杯中酒，脊背挺得笔直。从侧面看过去，这家伙的模样好像伊卡博德·克兰❸。就算牛顿真的来自火星，布赖斯又怎么能确定对方只有一人？自己之前怎么就没想到呢？为什么

---

❶ 乔治·阿利斯（George Arliss，1868—1946）：英国演员。

❷ 埃尔南·科尔特斯（Hernán Cortés，1485—1547）：西班牙航海家、军事家、探险家。

❸ 伊卡博德·克兰（Ichabod Crane）：美国作家华盛顿·欧文（Washington Irving，1783—1859）作品《睡谷传奇》（*The Legend of Sleepy Hollow*）中的人物。

不能是400个火星人，甚至4000？他又打量了一眼牛顿，二人四目相对，牛顿表情严肃地笑了笑。来自火星？他可能来自立陶宛，或者马萨诸塞州。

布赖斯感觉有些醉了——自己有多久没在中午喝醉过了？他好奇地注视着牛顿，问道："你是立陶宛人吗？"

"不是。"牛顿望着湖面，没有转身回答布赖斯的疑问。过了一会儿，他突然又说："整片湖都是我的。我买下了它。"

"那真是太棒了。"布赖斯喝完杯中酒，这已经是最后一杯了。

"这里有很多水。"牛顿说。他转身面对布赖斯，"你觉得总量有多少？"

"水的总量？"

"是的。"牛顿漫不经心地掰下一块奶酪，咬了一小口。

"我的天。这我哪知道。500万加仑？1000万？"布赖斯笑了笑，"就连烧杯里的硫酸容量我都很难估算出来。"他望向湖面，"2000万加仑？见鬼去吧，我又不需要知道。我只是某个领域的专家。"突然间，他想起牛顿的盛名，"但你不一样。每一门科学你都了解。也许有些不知道。"

"胡说。我只是个……发明家。仅此而已。"他吃光奶酪，"我想，跟你比起来，我才更像某个单一领域的专家。"

"哪个领域？"

牛顿沉默片刻，没有回答。过了一会儿，他说："很难说清。"他微微一笑，表情很神秘，"你喜欢喝不掺水的金酒吗？"

105

"不能说完全喜欢。也许吧。"

"我这里正好有一瓶。"牛顿从脚边的篮子里取出一瓶酒。布赖斯冷不丁地大笑起来。他实在是没忍住——伊卡博德·克兰在自己的午餐篮里放了一瓶金酒,里面的液体只剩下五分之一。牛顿先是给布赖斯斟了满满一杯,接着又给自己倒上。还没等放下酒瓶,牛顿突然又说:"我喝得太多了。"

"每个人都会喝多。"布赖斯尝了尝金酒的味道,他不太喜欢。对他来说,金酒喝起来总是带着一股香水味。不过他还是继续喝着。有多少人能跟自己的老板一醉方休?这机会可不常有。更何况,又有几个老板既是伊卡博德·克兰,又是哈姆莱特、科尔特斯?他乘坐飞船从火星而来,刚刚着落,准备在今年秋季使用宇宙飞船征服世界。布赖斯的背有些疲惫,他滑坐到草地上,后背抵住原木,双脚指向湖水方向。3000万加仑?他又喝了一口金酒,从口袋里掏出一包被压扁的香烟,递给牛顿一支。牛顿还坐在原木上,从布赖斯的仰视角来看,对方显得更加高大,且前所未有地遥远。

"大约一年前,我抽过一次烟,"牛顿说,"抽完我非常难受。"

"是吗?"布赖斯从包装盒里取出一支烟,"那你也不想我抽?"

"是的。"牛顿低头看着他,"你觉得会发生战争吗?"

布赖斯手持香烟,沉思片刻,接着轻轻将烟投入湖中,香烟漂在水面上,"现在不就有三场仗在打么?还是四场来着?"

"三场。我指的是应用大型武器的战争。九个国家拥有氢武器,至少十二个国家拥有细菌武器。你觉得他们会用这些东西吗?"

布赖斯喝了一大口金酒,"也许吧。肯定会用。我不知道为什么这种事还没发生,我也不知道为什么我们还没把自己喝死,或者爱自己爱到死。"宇宙飞船就在两人对面,由于树木遮挡,这里看不到。布赖斯朝那个方向摇晃着玻璃杯,说道:"那东西也是武器吗? 如果是的话,使用它的又会是谁?"

"那不是武器。并非真正意义上的武器。"牛顿一定是喝多了,"但我不会告诉你那是什么。"过了一会儿,他又说,"还剩下多少时间呢?"

"什么多少时间?"布赖斯也觉得自己喝多了。好吧。今天下午喝多了,很开心。毕竟好久都没有这样了。

"直到大战开始前。会摧毁一切的战争。"

"为什么不把一切都摧毁呢?"布赖斯一饮而尽,手伸进篮子里去拿酒瓶,"任何事物都会经历毁灭。"他拿起酒瓶,抬头望向牛顿,太阳的位置已经绕到了两人背后,他看不清对方的脸,"你是从火星来的吗?"

"不是。你觉得会是十年吗? 他们训练我的时候,告诉我至少还需要十年。"

"谁会教这种东西。"布赖斯给自己倒了杯酒,"我想还有五年吧。"

"时间不够长。"

"用来干什么不够长?"虽然酒已经变温,但此时金酒的味道尝起来却没那么糟了。

"就是不够长。"牛顿一脸悲伤地低头看着布赖斯,"不过,也许你错了。"

"好吧,那就三年。那你是从金星来的吗? 还是木星? 费城?"

"都不是。"牛顿耸了耸肩,"我的名字叫侏儒怪。"

"什么侏儒怪?"

牛顿俯下身,从布赖斯手中接过酒瓶,给自己倒了杯金酒,"你觉得有没有可能不发生?"

"也许吧。有什么能阻止它发生吗,侏儒怪? 还是人类更高级的本能? 精灵都住在洞穴里。你不去拜访别人时,是不是也住在洞穴里?"

"巨魔才住在洞穴里。精灵的居所无处不在。精灵能适应各种极端的异常环境,比如这里。"他面向湖面挥了挥自己颤抖的手,结果把金酒洒在了衬衫上,"布赖斯博士,我就是一个精灵,我孤身一人、四海为家。总之,四海为家、孤身一人。"他注视着湖面。

距离两人半英里远的湖面上栖息着一大群野鸭,这些疲惫的候鸟可能正处于迁徙途中,它们要前往遥远的南方。眼前的飞禽仿佛漂浮在湖面的一个个小气球,它们顺水漂流,似乎已经失去了移动能力。"如果你真的来自火星,那你也是孤身前来,好吧。"布赖斯说,他的目光停留在鸭子身上。如果事实真的如此,那牛顿就像是漂在湖面上的一只孤独野鸭 —— 一只疲惫的迁徙者。

"事实未必如此。"

"什么未必如此?"

"未必来自火星。布赖斯博士，我想你经常会感到孤独吧。感觉自己被疏远、被冷落。你是从火星来的吗？"

"我想应该不是吧。"

"那就是费城？"

布赖斯笑了，"俄亥俄州朴次茅斯。那边和这边的距离比从这儿到火星还远。"没有丝毫征兆，湖面的野鸭开始嘎嘎乱叫。突然之间，候鸟们纷纷起飞，一开始，场面混乱无序，但随后，整个鸟群调整为某种松散的队形。布赖斯望着它们飞越群山，等鸟儿的身影消失不见，他的视线还在向更高的地方攀升。他的脑海中模糊地浮现出鸟类迁徙的景象：这些鸟类，还有昆虫，以及小型有毛动物，它们沿着曾经的道路不断迁徙，奔向古老的家园和全新的墓冢。紧接着，鸭群的模样突然让他想起几年前在一本杂志封面上看到的导弹中队，这又让他联想到自己正在为身边这位奇怪陌生人建造的东西，那艘外壳光亮、造型如导弹的飞船，飞船的用途据说是探索、实验和拍照，但不知怎的，他就是不相信这种说辞，一个字都不信，此时此刻，午后的阳光洒在布赖斯身上，他感觉浑身轻盈、醉得不轻。

牛顿摇摇晃晃地站起身，然后道："我们一起走回宅邸吧。要是你愿意，我可以让布林纳德开车送你回家。"

"好。"布赖斯站起身，掸去衣服上的树叶，喝光杯中的金酒，"我喝得太多了，年纪也大了，走不回家了。"

两个人默默往回走，步履稍显蹒跚。当他们走到房子附近时，牛顿说："我希望，是十年。"

"为什么是十年？"布赖斯问，"要是准备那么长时间，那武器的威力会变得更强。他们真的会摧毁一切。一切。哪怕是立陶宛人大概都能做到。换作费城人也一样。"

牛顿低头看着他，表情有些奇怪，布赖斯一时感到有些局促。"如果我们还能有十年，"牛顿说，"这一切也许不会发生。也不可能发生。"

"那有什么能阻止它发生呢？人类的美德吗？还是基督复临？"不知怎的，布赖斯没办法直视牛顿的眼睛。

牛顿第一次开口笑起来，他的笑声柔和，听上去十分愉快。"也许真的是基督复临。也许是耶稣基督本人降临。十年后。"

"要是他真的来了，"布赖斯说，"那他最好注意脚下。"

"我想他应该会记得之前发生在自己身上的事。"牛顿说。

布林纳德走出宅邸迎接二人。布赖斯松了一口气，阳光直射在身上，他觉得有些头晕。

布赖斯让布林纳德把自己直接送回了家，中途经过实验室也没有停留。一路上，布林纳德似乎提了一箩筐问题，布赖斯的回答都含糊不清。他到家时已经五点钟了。走进厨房，里面还是一如既往地杯盘狼藉。墙上挂着《伊卡洛斯坠落》，这是他从艾奥瓦带来的，水池里堆着早餐盘。他从墙边的冰箱里取出一只冷鸡腿，咀嚼几口，随后便拖着疲惫的身躯，摇摇晃晃地倒在床上，很快就睡着了，吃剩一半的鸡腿就这样放在了旁边的床头柜上。他做了许多梦，所有的梦都很凌乱，许多梦里都有排着零散队形的鸟儿在寒冷的蓝天中飞行……

凌晨四点他就醒了，周围漆黑一片，他瞪大眼睛，嘴里满是恶臭，头也隐隐作痛，裹在厚厚羊毛衣领下的脖子不停冒汗。因为走了太多路，他的双脚肿胀；现在还渴得要命。他坐在床边，先是盯着时钟的夜光表盘看了几分钟，接着才小心翼翼地打开床头灯，他在咔嗒声响起前及时闭上了眼睛。布赖斯站起身，眨着眼穿过地板来到浴室，他打开龙头，往水池中灌凉水，并在蓄水过程中用刷牙杯盛了满满两杯水喝下。他关掉龙头，打开灯，松开束缚已久的格子衫纽扣。看到镜中圆领贴身汗衫下露出的白色胸脯，布赖斯移开了目光。他把双手浸入水中，在里面泡了一会儿，让冰冷的水刺激腕部的血液循环。接下来，他将双手捧作杯状，把水抹在颈后和面部。他用一条粗糙的毛巾使劲擦干身体，然后开始刷牙，口中恶臭扑鼻而来。他梳好头发，走进卧室，找到一件干净衬衫——这次是一件蓝色的西服衬衫，但跟大部分人穿的不同，前面没有褶边。

每次布赖斯在挑衬衫时都有一句老话在他脑中闪烁，就好像有个小贩在吆喝：随便挑一个呗，反正哪个都差不多。

他在厨房里解决了早餐，先是把咖啡片投入开水中溶解，接着给自己做了份煎蛋卷，放了不少从罐头里倒出来的蘑菇片。他熟练地使用刮铲裹好煎蛋卷，趁中间还是半熟状态时取出盛盘，最后将蛋卷和咖啡一起放到塑料桌上。布赖斯坐下来，他吃得很慢，动作尽可能轻柔，让自己饱受金酒折磨的肠胃顺利接纳这份柔软的食物。吞咽过程还算顺利，他没有感到不舒服，一时间竟觉得有些惬意——从昨天吃过早餐到现在，他粒米未进，肚子里只有葡萄酒、奶酪，还有未掺水的金酒。布赖斯打了个寒战。他至少也应该吃点PA药片才对，有的人在不打算正经吃饭时往往会服用这个东西。所谓PA，就是藻类蛋白❶——不过这个想法也够恶心人的，自己吃的竟然是池塘里的浮垢，而不是洋葱炒肝尖。不过，他觉得自己应该服用一些药片，考虑到亚洲的人口数量和那些令法西斯分子都望而却步的风沙侵蚀区，更何况现在洋葱炒肝尖和土豆牛肉也越来越难找到——即使是在那些由独裁者、煽动分子和享乐主义者组成的所谓"自由世界"，这种情况也一再出现。再过二十年，我们就都得吃池塘里的浮垢、鱼油，还有装在锥形烧瓶里的碳水化合物了，带着这样的想法，他吃完了煎蛋卷。当没有空间用来养鸡时，他们就只能把鸡蛋放到博物馆了。史密森学会❷那帮家伙也许会保留一份煎蛋卷塑料模型。他喝着咖啡（这里面也有一部分人造成分），想起以前生物学家都在说的一句格言：鸡不过是以蛋生蛋的方式来实现自我繁殖。这令他想到一件可怕的事：某个梳着平头、身穿褶边西裤而且年轻有为的生物学家说不定哪天就会找到比蛋生蛋这种天然方式更具效率的方法，然后彻底消灭鸡这种生物。不过，也未必一定就是年轻有为。T. J. 牛顿也许哪天就会拿出一个脐蛋（就像脐橙那样），然后用灰色塑料包装好，通过世界集团公司销往全球各地。能够实现自我繁殖的鸡蛋，只要你把这东西放入池塘的水中，它就会像塑料珠串成的项链一样生长，每天都会冒出一

---

❶　藻类蛋白：英文原文"protein algae"，英文首字母缩写为PA。

❷　史密森学会（Smithsonian）：由美国政府资助、具有半官方性质的第三方博物馆机构。

枚新蛋。不过这枚蛋不会发出咯咯哒一样的满足叫声,也不会孵出一只高傲的矮脚公鸡、一只斗鸡,或者可以让小孩追逐嬉戏的笨蛋母鸡。当然,也做不出一顿炸鸡大餐。

喝完咖啡,布赖斯抬起头,正好看见《伊卡洛斯坠落》,现在的他终于知道了这幅画究竟意味着什么,他放下杯子,大声说:"布赖斯,别再玩什么智力游戏了。随便挑一个呗,反正哪个都差不多:火星还是马萨诸塞?"他的视线还停留在画上,宁静的画面中,男孩坠入海中,只剩腿与胳膊露在外面,布赖斯心想,是朋友还是敌人?他的眼睛还在盯着画。是毁灭者还是救世主?牛顿的话回响在他的脑海中。"也许真的是基督复临。"但伊卡洛斯失败了,翅膀被烧掉,人也淹死了,代达罗斯没有飞得那么高,却逃出了那座孤岛。也许,他并不是为了拯救世界,而是要摧毁一切,因为他发明了飞行器,真正的毁灭将从天而降。光会自空中坠落,布赖斯心想,我会变得很不舒服,我要死了。主啊,请可怜可怜我们吧。他摇了摇头,试图不再让思绪神游。此刻的问题是火星还是马萨诸塞,其他一切都是次要的。现在已知的信息有哪些? 牛顿的口音、相貌、走路方式。还有他的思维产物,与托勒密的天文学体系相比,这种技术显得如此另类。还有那些奇怪的对数,布赖斯一共只见过牛顿两次,但每次对方都带着微微的醉态,这可能暗示了些什么:作为一名天外来客,他不相信神,因此会感到孤独,也有可能是他无法抵御异种文化给自己带来的创伤。但醉酒这种行为又让他看起来很像人类,这又驳斥了刚才的观点。难道外星人就不能像人类一样,也会受到酒精的影响吗？可是牛顿一定是人类——或者说像人类，他拥有与人类相同的血液化学反应，他也会喝醉。当然，如果他来自马萨诸塞，那这一切看上去就更加合理了。立陶宛也一样。但为什么他不可能是个喝醉酒的火星人？基督自己也喝酒，他还是从天堂来的呢——法利赛人❶都说他是个好酒之徒❷。来自外太空的酒徒。为什么自己总在走神呢？也许科尔特斯被人灌了龙舌兰。他是另一个基督复临：蓝眼睛的神，魁札尔科亚特尔❸，从阿兹特克人❹手中拯救了奴隶。十年后？以12为底的对数。其他的还有什么？还有什么？

❶ 法利赛人（Pharisees）：犹太教法利赛派的成员。法利赛派是第二圣殿时期活跃于巴勒斯坦的社会运动和宗派，最先出现于公元前165—公元前160年间。该教派是正统犹太教发展史上最有影响力的运动，其活跃时期延续至公元二三世纪。公元70年，第二圣殿被毁后，法利赛派信仰的基础教义、礼拜仪式等内容为拉比犹太教奠定了基础。

❷ 见《圣经·新约·路加福音》7：34，"人子来，也吃也喝，你们说他是贪食好酒的人"。

❸ 魁札尔科亚特尔（Quetzalcoatl）：阿兹特克文化中的神祇，是太阳、风、空气与学习之神，其形象随时代发展有所变化。据传说，当时阿兹特克人祭之风盛行，但魁札尔科亚特尔不喜欢活祭，曾下凡阻止并禁止人类举办活祭。

❹ 阿兹特克人（Aztecs）：十五世纪和十六世纪初，曾在今墨西哥中、南部建立帝国，人口曾空前稠密。

第 二 章

有时，他觉得自己总有一天会像人类那样疯掉，但从理论上讲，安西亚人不会精神失常。他不太理解自己身上正在发生什么，或者已经发生了什么。他们说这份工作会异常艰辛，他已经做好了心理准备，他能被选中也是因为自己的体力与适应能力。他从一开始就知道自己可能会以各种各样的方式失败，整件事本身就蕴含着巨大的风险，计划的代价过于昂贵，但也是一个民族走投无路之下的选择，他已经做好了失败的准备。但他完全无法预料实际会发生的事。计划本身进展顺利——他不仅获得了大量金钱，而且在飞船建造开始时也没有遭遇什么困难，到目前为止也没人发现他的真实身份（尽管他确信一些人对自己有过怀疑，或者正在怀疑）——现在，成功近在咫尺。但是他，一个安西亚人，一个来自高等种族的高等存在，却在不断失控，他堕落了，成了一个酒鬼，一个迷失了自我的愚蠢生物，他临阵变节，或许在他的族人眼中，他已经变成了一个叛徒。

偶尔他也会责怪贝蒂·乔，是她令自己变成如今这副模样，是她让自己的缺点暴露在世人面前。他竟会找这种借口，真是越来越像人类了！他责怪贝蒂，是她令自己越来越被人类同化，是她让自己不断遭受不清不楚的内疚感与更加不清不楚的不确定性的侵扰。是她教会了自己喝金酒，向他展示了人性中强烈、安逸、享乐与盲目的一面，这是他十五年来通过电视学习时从未意识到的东西。贝蒂表现出的那种昏昏欲睡、酒醉酩酊的生命力，是拥有不朽时间与智慧的安西亚人永远不可能知道的东西，也是他们做梦都想不到的事。他觉得自己就像是生活在一群动物中间的人类，这些动物行为举止还算亲切，虽然很愚蠢但也具备一定的智力水平，但他渐渐发现，这些动物所持有的观念和相互之间的关系比他接受训练时所认为的更加复杂。如此一来，只要使用高等智慧生物所具备的价值衡量体系和判断标准，无论是从单一角度还是多个角度分析，这个人类可能都会发现，这些围绕在自己身边的动物，这些把巢穴搞得脏兮兮，而且还会食用自身污秽的动物，可能活得比他更快乐，也比他更聪明。

还是说，只是因为被动物包围的时间太久了，也让他变得更像动物了？但这样的类比并不恰当，也是错误的。他和人类拥有共同的祖先，比哺乳动物家族与有毛生物整体之间的亲缘关系更近。他和人类都是能够开口讲话并且具备一定理性的生物，两个种族都拥有洞察力、预见性，以及一些可以被宽泛称作"喜欢""怜悯""尊敬"之类的情感。而且，他发现两种生物都会喝醉。

安西亚人对酒精这种物质还是比较熟悉的，虽然糖类和脂肪只在他们世界的生态系统中扮演无足轻重的角色。他们的星球出产一种甜浆果，有时也会用来酿造低度葡萄酒，当然，合成纯酒精也十分容易，在非常偶然的情况下，一个安西亚人也可能喝醉。但他们的世界不存在持续饮酒的行为，也没有酗酒的安西亚人。他还从未听说有哪个安西亚人像他在地球一样喝酒——他现在每天都喝，而且一直在喝。

他醉酒后的表现跟人类喝醉并不完全一样，至少他自己认为是有区别的。他并不希望自己失去意识，或者变得纵情享乐、赛过神仙，他想要的只是解脱，但他也不确定自己要逃离什么。无论喝多少酒，他都没有过宿醉。大部分时间里，他都是孤身一人。对他来说，也许不喝酒倒成了一件难事。

他让布林纳德开车将布赖斯送回家，等二人离开，牛顿走进自己从未真正使用过的客厅，他在那里静静地驻足片刻，享受着屋内凉爽的空气与宁静的昏暗。其中一只猫慵懒地在沙发上伸了个懒腰，接着爬起来走到他身边，蹭着他的裤腿，咕噜咕噜地叫起来。牛顿的眼中充满怜爱，他逐渐喜欢上了猫这种生物，非常喜欢。它们的身上仿佛有某种魔力，能让他想起安西亚，尽管那里并没有像猫的动物。不过这些猫似乎也并不属于这个世界。

贝蒂·乔走出厨房，她的身上套着围裙。女人用温柔的目光默默注视着牛顿，过了一会儿，她开口道："汤米？"

"什么事？"

"汤米，法恩斯沃思先生从纽约来电。打了两次。"

牛顿耸了耸肩，"他现在几乎每天都会打过来，是不是？"

"是，汤米。"她淡淡一笑，"总之，他说有要事相商，请你立刻回电。"

牛顿十分清楚，法恩斯沃思又遇上了麻烦事，不过这一次，他们要等一段时间了。他觉得自己还不想处理这些事。他看了一眼手表，快五点了。"告诉布林纳德，八点安排一次电话会谈，"他说，"要是奥利弗再打过来，告诉他我现在正忙，八点再跟他谈。"

"好吧。"她犹豫片刻，继续道，"需要我陪你待一会儿吗？或者跟你说说话？"

他看到了女人脸上满怀期待的表情，他清楚这表情意味着女人需要自己的陪伴，就像自己也需要对方陪伴一样。二人之间的伙伴关系竟变得如此奇怪。尽管他知道贝蒂和自己一样孤独，和自己一样能体会到那种疏离感，但他觉得还是不能给予女人和自己安静坐在一起的权利，哪怕是现在这种时候。牛顿微微一笑，尽量表现得亲切。"对不起，贝蒂·乔。我需要一个人待会儿。"本来已经练熟的微笑，没想到现在却也变成了一件难事。

"没事，汤米。"她应道。贝蒂转过身，动作比平时快得多，"我要回厨房了。"刚走到门口，她又转回身对牛顿说："什么时候想吃晚饭就告诉我，听见没？我给你送过去。"

"好。"牛顿走到楼梯边，决定乘坐小型扶手椅下楼，他已经好几周都没用过这东西了。他感觉累了，很累。等他坐下来，一只猫跳到了他的大腿上，他打了个寒战，似乎不太习惯，于是挥手把猫赶了下去。那只猫无声地落到地板上，晃了晃身体，接着镇定自若地走开，不屑于回头看他。牛顿看着猫，心想：你若是这颗星球上拥有智慧的物种该多好。随后,他面带苦笑,也许你本来就是。

　　一年多以前,牛顿有一次跟法恩斯沃思聊天时提到自己开始对音乐产生兴趣了。但这只是一部分事实,因为人类音乐的旋律与音调系在他听来并不是那么悦耳。他只是从历史的角度对音乐产生了兴趣,他像个历史学家,几乎对人类民俗与艺术的方方面面都非常有兴趣 —— 这种兴趣是多年来通过电视学习培养出来的,抵达地球后,他又继续通宵达旦地阅读各种书籍,这份兴趣日渐浓厚。牛顿只是不经意间说了一句,但没过多久,法恩斯沃思就给他提供了一套音准出色的八声道扬声器系统(其中部分元件是 W.E. 公司专利制造),还搭配了必要的放大器、声源等设备。三名拥有电气工程理学硕士学位的工人把这些部件装进了他的书房。这成了一件麻烦事,但他不想伤害法恩斯沃思的感情。他们将所有控制装置集中到了一个黄铜面板上,面板安装在书柜一侧,牛顿倒是倾向于使用其他材质,比如绘有精美花纹的瓷器或陶器,黄铜板看上去太像科学仪器了。法恩斯沃思还为他安装了一个可以容纳500张唱片的自动换碟仓,现在的唱片已经变成了小钢珠,这也是 W.E. 公司专利,整个公司靠这些东西赚了至少2000万美元。你只需按下按钮,一个豌豆大小的球便会进入碟仓。随后,小型扫描仪缓缓移动,解析出钢珠的分子结构,继而将其中的模块转换为管弦乐队、流行乐队、吉他手或歌手发出的声音。牛顿几乎从不播放音乐。但在法恩斯沃思的坚持下,他试着放了一些交响乐和四重奏,但这些声音在他听来毫无意义。说来也怪,音乐传达的意义对他而言过于暧昧。而其他艺术形式虽然也存在被周末节目（这是所有电视节目中最无聊、最做作的）曲解或小瞧的情况，但却依旧能够深深震撼到他——特别是雕塑和绘画。也许他眼中看到的景象与人类相同，但听到的却不一样。

回到房间时，他还在思考猫与人的问题，一股冲动涌上心头，他决定放点音乐。他按下按钮，准备播放海顿交响曲，这是法恩斯沃思推荐的曲目。片刻过后，音乐声回荡在房间里，乐曲慷慨激昂、音色还原准确，但在他的耳中，这些声音之间毫无逻辑，更谈不上悦耳动听了。他就像一个在欣赏中国音乐的美国人。他从架子上拿出金酒，给自己倒了一杯，接着一饮而尽，试图跟上音乐的节奏。就在他准备坐回沙发时，敲门声突然响起。他吓了一跳，没有抓住酒杯。杯子落到牛顿脚边，碎了。他平生第一次吼道："他妈的，谁啊？"他究竟是变得有多像人类了？

门后传来贝蒂·乔的声音，她的声音听起来有些害怕，"还是法恩斯沃思先生，汤米。他非常坚持。他告诉我务必让你……"

牛顿的声音变得柔和许多，但他依旧十分生气，"告诉他我不接，告诉他明天之前我谁也不见，我不会跟任何人说话。"

一时间，周围的空气都安静了下来。牛顿看着脚边碎掉的玻璃碴儿，将其中较大的碎片踢到了沙发底下。接着，贝蒂·乔的声音再次响起："那好吧，汤米。我会跟他说的。"她停顿片刻，"你现在就去休息吧，汤米。听到没？"

"好，"他说，"我会休息的。"

牛顿听着贝蒂的脚步声渐行渐远。他走向书柜。没有其他玻璃杯了。他大叫着贝蒂·乔的名字，抄起几乎装满酒的瓶子，拧开瓶盖，直接拿着酒瓶喝起来。他关掉了海顿——谁还能指望自己理解人类的音乐？接着打开一张汇集着民俗、传统黑人和嘎勒人❶音乐的专辑。至少这些曲目里的歌词他还能听懂。

扬声器里传出浑厚但疲惫的声音：

> 每次我去露露小姐家
> 那条老狗都会把我咬
> 每次我去萨利小姐家
> 斗牛犬也是会把我咬……

他微微一笑，若有所思，这首歌的歌词似乎触动了他的神经。他拿着酒瓶坐到沙发上，开始回忆内森·布赖斯，回忆今天下午两个人的谈话。

自二人第一次见面，牛顿就猜出布赖斯已经在怀疑自己了。这位化学家一再强调要跟自己面谈，这本身就暴露了对方的想法。通过花费不菲的调查，牛顿现在确定布赖斯不是任何势力派来的，他只代表他自己——也就是说，他既不为美国联邦调查局工作（导弹基地至少有两名建筑工人是卧底），也不服务于其他政府机构。但是，

---

❶ 嘎勒人（Gullah）：另译"格勒人"，指居住在美国佐治亚州、南卡罗来纳州和佛罗里达州东北部的沿海地区及附近海岛上的黑人。

倘若布赖斯已经对牛顿和牛顿的最终目的产生了怀疑（当然，法恩斯沃思和其他人也有过类似疑问），那牛顿为何还要特意花费一下午时间和这样的人建立亲密关系呢？为什么要一再暗示自己的身份？为什么要和对方讨论战争与基督复临的话题？为什么要称呼自己侏儒怪？那是一个邪恶的小矮人，没人知道他是从哪儿来的，他能将稻草编织为黄金，能用闻所未闻的知识拯救公主的性命，但这个陌生人最终的目的却是偷走公主的孩子。唯一能打败侏儒怪的办法就是戳穿他的身份，喊出他的名字。

> 有时候，我觉得自己像个没有母亲的孤儿
> 有时候，我觉得自己像个没有母亲的孤儿
> 我赞美上帝，哈利路亚！

突然间，一个念头钻进他的脑子里，侏儒怪为什么要给公主摆脱交易的机会？他为什么要给对方三天时间去调查自己的名字？难道仅仅是因为过度自信，因为不会有人能想到或猜到那样一个名字？还是说，他也希望自己被发现、被抓住、被夺去靠欺骗和魔法等手段得到的东西？至于他自己，托马斯·杰尔姆·牛顿，他的魔法和欺骗比任何童话故事里的巫师或精灵都要强大——他已经读完了所有的童话——难道现在的他也希望自己被人发现、被人抓住吗？

这个人来到我的门前

他说他不喜欢我

他来了；站在我的门前

他说他不喜欢我

    牛顿手握酒瓶，心想自己为什么希望被人发现？他盯着瓶上的标签，感觉非常奇怪，头晕目眩。唱珠戛然而止。机器停顿片刻，下一枚钢珠落入盘仓。他喝了一大口酒，这个举动让人吃惊。扬声器里传出管弦乐队的轰鸣，冲击着他的双耳。

    他疲惫地站起身，眨了眨眼。他感觉十分虚弱——上一次这么虚弱好像还要追溯到许多年前，那是某一年的十一月，他倒在贫瘠的旷野中，恐惧与孤独占据了他的心。他走到控制面板前，关掉音乐，接着拿起电视遥控器，打开电视——也许能看个西部片……

    挂在远处墙壁的巨幅苍鹭画像开始变得模糊。当画面彻底消失后，取而代之的是电视屏幕里一个面容英俊的男子，对方的眼睛在凝视自己，他目光严肃，但那是装出来的，那是被政治家、信仰疗疾师和福音传道者培养出来的眼神。画面中，男人的两片嘴唇无声地嚅动着，两只眼睛瞪得大大的。

    牛顿调高音量。画面中的脑袋发出了声音，他在说："……合众国是自由、独立的国度，我们必须像男子汉一样时刻准备着，背靠身后的自由世界，直面这世间带来的任何挑战、希望与恐惧。任凭那些无知的人去说吧，我们必须始终牢记，合众国可不是什么二流政权。我们必须始终牢记，自由将征服一切，我们必须……"

牛顿突然意识到，正在说话的是美国总统，演讲的题目是关于那些被人夸大的绝望情绪。他换了一个台。一间卧室出现在屏幕上。画面中的男人女人身披睡衣，开着充满挑逗意味的玩笑，令人生厌。他再次调台，希望能看到西部片。他喜欢西部片。但出现在屏幕上的是政府出资投放的宣传影片，内容是关于美利坚合众国的美德与力量。照片中是白色的新英格兰教堂、田间劳作者（每组照片中都有个微笑的黑人）以及枫树。最近，这样的宣传片越来越常见，许多流行杂志也开始刊登这些东西，沙文主义的势头越来越疯狂——他们比以往任何时候都在卖力地编织着一个奇妙的谎言：美国是一个由信仰虔诚的小镇、运行高效的城市、身体健康的农民、心地善良的医生、困惑茫然的主妇，以及乐善好施的富翁组建而成的国家。

"我的天啊，"他大叫道，"我的天啊，这帮心怀恐惧、自怜自哀的享乐主义者。都是骗子！沙文主义者！一群傻瓜！"

他再次调换频道，场景转到了夜总会，背景音乐还算柔和。他没有再换台，看着舞池中扭动的身体，画面中的男男女女打扮得花枝招展，随着音乐的节奏相互拥抱。

如果我不是一个心怀恐惧、自怜自哀的享乐主义者，他心想，那我又是什么人呢？牛顿喝光瓶中的金酒，看着握住酒瓶的双手，他盯着手上的人工指甲，在灯光闪烁的电视屏幕映衬下，它们好像半透明的硬币一样闪闪发光。他盯着指甲看了几分钟，好像自己是第一次见到它们。

随后，他站起身，摇摇晃晃地走到壁橱边。他从架子上取下一个鞋盒大小的盒子。壁橱门内侧挂着一面全身镜。他打量了一会儿镜中高挑瘦削的身体。接下来，他坐回沙发，将盒子放到面前的大理石咖啡桌上。他从里面取出一个小塑料瓶。桌上放着一个碗状的烟灰缸，材质用的是中国瓷器，这是法恩斯沃思送给他的。他把瓶中的液体倒入烟灰缸，放下瓶子，将双手指尖全部浸入液体中，好像把烟灰缸当成了洗手钵。他在水中泡了有一分钟，接着抬起手，用力拍打手掌。伴随着轻微的叮当声，指甲纷纷落在大理石桌面上。现在，他的手指末端恢复了往日的光滑，指尖也变得灵活许多，但是感觉有些酸痛。

电视中传出爵士乐的声音，节奏嘈杂、强烈。

他站起身，走过去锁上房门，然后又回到桌上的盒子旁，从里面取出一个球，很像棉花，他把圆球放入液体中浸泡片刻。他注意到自己的双手在发抖。他也意识到自己比平日里喝得要多。但是显然，醉得还不够。

接着，他走到镜子前，将湿漉漉的球分别贴到两只耳朵上，直到两边的人造耳垂掉落。他解开衬衣纽扣，用同样的方式取下胸前的假乳头和毛发。这些毛发和乳头都连在一张薄薄的人造肌肤上，所以它们是一齐脱落的。他将这些东西放到咖啡桌上，又走回镜子前，开始用母语跟自己交流，他的声音一开始很轻，然后越来越大，好盖过电视中的爵士音乐，他在引用自己年轻时写过的一首诗。舌头发出的声音不太对。或许是他喝得太多，或许是他已经丧失了说安西亚语的能力。随后，他喘着粗气，从盒子里拿出一个类似镊子的小工具，他站在镜子前，小心翼翼地取下贴在每只眼睛上的彩色塑料薄膜。他还在努力念着自己的诗句，同时对着镜子中的自己眨眼睛，他的瞳孔是竖直的，跟猫一样。

他盯着自己看了许久，然后哭了起来。他没有抽泣，但眼泪（和人类一模一样的眼泪）却从眼里流出来，顺着他狭窄的脸颊滑下。他哭得很绝望。

然后，他用英语大声问自己。"你是谁？"他说，"你属于哪儿？"

他的身体也在盯着他，但他辨认不出那到底是不是自己的身体。那模样好陌生、好可怕。

他又给自己拿了瓶酒。音乐已经停了，里面的播音员正在说："……这里是位于路易斯维尔市中心的塞尔巴赫酒店舞厅，接下来将由制造出最优秀的摄影胶卷和显影剂的世界色彩为您带来现场直播……"

牛顿没有看屏幕，他正在开酒。里面传来女人的声音："用什么留住假期回忆？怎样才能定格孩子的成长？要如何记录感恩节与圣诞节的传统家庭盛宴？没有什么比世界色彩冲印的照片更迷人，它让您的生活充满光彩……"

此刻的托马斯·杰尔姆·牛顿已经躺到了沙发上，金酒的瓶盖已经打开，他喝着酒，没有指甲的手指在颤抖，猫一般的眼睛呆滞地瞪着天花板的方向，一脸痛苦的表情……

第 三 章

和牛顿的酒后谈话已经过去五天，周日早晨，宅在家中的布赖斯努力读着一本侦探小说。他坐在客厅的电暖器旁，身上只披了件绿色绒布睡衣，手中的黑咖啡已经是第三杯了，这栋拼装房的客厅很小。今天早晨，布赖斯感觉自己的状态比之前要好；最近一段时间，牛顿的身份之谜一直困扰着他，现在总算好多了。当然，在布赖斯心中，这个问题仍然至关重要，不过他准备调整策略（如果边等待边观察也算是种策略的话），而且已经成功忽略了这个问题，即使没有完全把它从脑袋里踢出去，至少也不会再穷追不舍。这本侦探小说还真是乏味，令人松弛；外面已经转为刺骨寒天。待在这个"伪"壁炉旁还真是惬意，此时的布赖斯没有丝毫紧迫感。左边墙上挂着《伊卡洛斯坠落》，这是两天前他从厨房那边搬过来的。

书快要看到一半时，前厅传来轻轻的叩门声。他有些烦躁地站起身，心想谁他妈的会在周日一大早来串门。同事之间的各种社交已经够多了，不过他一般都不会参与这些活动，朋友也不多，更没有会在周日午餐前来拜访的密友。他走进卧室，套上晨衣，打开前门。

屋外是灰蒙蒙的清晨，来人是牛顿的管家，她穿着一件轻薄的尼龙夹克，浑身瑟瑟发抖。

女人微微一笑，"布赖斯博士？"

"有事吗？"他没有记住对方的名字，虽然牛顿在他面前提过一次。牛顿和这个女人之间有很多传闻。"进来暖和暖和吧。"他说。

"谢谢。"她满脸歉意地迅速走进屋，关上身后的门，"是牛顿先生让我过来的。"

"是吗？"他把女人领到电暖器旁，"你需要厚一点的外套。"

她的脸好像红了——也许只是因为外面太冷，把她的双颊冻红了，"我不怎么出门。"

布赖斯帮她脱下夹克，女人俯身靠近电暖器，开始暖手。布赖斯坐下来，若有所思地打量着女人，等对方开口道出此次登门的原因。饱满的双唇、乌黑的头发，朴素蓝色连衣裙下丰满的身材——她并非毫无魅力。女人应该和自己差不多年纪，也跟他一样，穿着款式老旧的衣服。她没有化妆，但寒冷的天气让她的肌肤白里透红，不需要再化妆了。她胸部丰满，很像俄罗斯宣传片中的农村妇女，若不是眼神中流露出害羞与自卑，还有行为举止和说话方式土里土气，她应该能够完美符合"大地之母"的形象。女人穿着半袖连衣裙，露在外面的胳膊上长着浅黑色毛发，看上去既柔软又可爱。他喜欢这种感觉，也喜欢女人没有拔掉自己眉毛的模样。

女人突然挺直身子，对着布赖斯微微一笑，身体好像舒服了些，她开口道："跟柴火的感觉不一样。"

布赖斯一时间没有理解女人的意思。他对着发红的电暖器点了点头，"对，确实不一样。"他继续道，"你为什么不坐下来？"

女人坐到他对面的椅子上，身体向后一靠，双脚放在了搁脚凳上。"闻起来也不像柴火。"她若有所思地说，"我生在农场，直到现在还记得早晨围在柴火边蹦来跳去穿衣服的情景。我会先把衣服放在炉边暖一暖，接着站在旁边用炉火烤后背。我还记得火燃烧的气味，但我已经有好久没闻过柴火味儿了，有二十年？谁知道呢。"

"我也是。"他说。

"现在的东西味道都没有以前好了，"她说，"就连咖啡也是，因为他们改变了生产方式。许多东西都变了味儿。"

"你想来一杯吗？咖啡？"

"好呀，"她说，"需要我去冲吗？"

"我来吧，"布赖斯站起身，喝光杯中的咖啡，"正好我也准备再喝一杯。"

他走进厨房，用咖啡片冲好两杯咖啡，自从国家和巴西断交以来，这玩意儿是你现在唯一能买到的东西。他把咖啡放到托盘上，端进客厅，女人拿走自己那杯，抬起头对着布赖斯微微一笑。她神态自如，像一只好脾气的老狗——既没有骄傲自满的态度，也不会去思考什么哲学问题，没有东西能妨碍她享受惬意的生活。

布赖斯坐下来，小口喝着咖啡。"你说得对。"他说，"现在的东西味道都没有以前好了。也许是我们上了年纪，记不太清了。"

女人依旧在微笑。片刻过后，她开口道："他想问你愿不愿意跟他一起去芝加哥。下个月。"

"牛顿先生吗?"

"对。去参加会议。他说你可能知道。"

"会议?"他喝着咖啡,沉吟片刻,"哦。是化学工程师学会。他怎么想起来要去那儿?"

"不知道,"她说,"他跟我说,如果你愿意一起去,那今天下午他就会过来跟你聊聊。不会耽误你工作吧?"

"不会,"他说,"不会,周日我不工作。"他依旧保持着漫不经心的说话腔调,但大脑早已开始飞速旋转。这不是天赐良机吗?两天前,他已经有了计划的雏形,要是牛顿确定会来房子这边……"我很乐意跟他谈谈。"他继续道,"他有没有说什么时间来?"

"没有,他没说。"女人喝完咖啡,将杯子放在了椅子旁边的地板上。她真把这儿当成自己家了,布赖斯心想,不过他并不在意。这才叫不拘小节,一点儿也不做作,不像卡努蒂教授,还有艾奥瓦那些梳着平头的同事。

"他最近都不怎么说话。"说这句话时,女人的声音有一丝紧张,"其实,我现在也很难见到他了。"她的声音中带着一丝沮丧,布赖斯在心里琢磨着两人之间可能发生了什么事。就在这时,他突然想到,女人的到来也是一个机会——一个可能不会再有第二次的机会。

"他生病了吗?"要是能让她顺着这个话题继续说下去……

"据我所知,应该没有。他是个有趣的家伙,会把情绪都写在脸上。"她没有看布赖斯,而是目不转睛地盯着面前发光的电暖器,"他偶尔会跟那个叫布林纳德的法国人说话,偶尔又会找我聊天。有时,他就只是一个人坐在房间里,一待就是好几天。也许他会在里面喝酒吧,但你也说不准他会干什么。"

"布林纳德平时都干些什么? 他的工作是?"

"我不知道。"她匆匆扫了一眼布赖斯,目光又回到电暖器上,"我想他应该是个保镖吧。"女人再次转过头,她的脸上写满焦虑与不安,"布赖斯先生,你知道吗,他身上有枪。而且你看他走路的方式。动作很快。"她像母亲似的摇了摇头,"我不信任那家伙,我认为牛顿先生也不应该相信他。"

"许多有钱人都雇了保镖。再说,布林纳德也承担了秘书的工作,不是吗?"

她哈哈大笑,那是苦笑,持续时间很短,"牛顿先生从来不写信。"

"是吧。我想也是。"

女人的眼睛依旧盯着电暖器,突然,她用温顺的语气问道:"我能喝点东西吗?"

"当然。"他很快站起身,反应也许有点过头,"金酒?"

她抬头望着布赖斯,"好,请给我来杯金酒。"她的表情中透着一股哀伤,布赖斯忽然意识到:她一定非常孤独,周围几乎没有可以谈心的人。他觉得女人好可怜(一个迷失自我、抱残守缺的乡下人),但同时,他又感到一阵兴奋,时机已经成熟,终于可以从女人那里探听到需要的信息了。他可以给对方倒上一杯金酒,以此作为润滑剂,再放任女人继续盯着电暖器,他要做的就是等她开口。他自顾自地笑了起来,感觉自己就像个诡计多端、耍弄权谋的政客。

布赖斯走进厨房,从水池上方的架子上取下金酒,就在这时,客厅传来女人的声音:"可不可以在里面加糖?"

"糖?"这可是相当新潮的喝法。

"是的。加三勺左右就行。"

"好的,"他摇了摇头,接着又说,"我忘了你叫什么名字。"

她的声音听上去还是不大自然——仿佛憋着一股劲儿,努力不让身体发抖或哭出来,"我叫贝蒂·乔,布赖斯先生。贝蒂·乔·莫舍。"

贝蒂回答问题时语气温和,但又不失尊严,布赖斯为自己没有记住她的名字而惭愧。他把糖放进玻璃杯,倒上金酒,一想到接下来还要利用女人,他就更惭愧了。"你是从肯塔基来的?"他用尽可能礼貌的语气问道。他把杯子几乎斟满,接着将糖和酒搅匀。

"没错。我老家在欧文市那边,距离市区大约七英里。在这里的北面。"

他把酒递给女人,女人心怀感激地接过酒杯,但又想保持一些矜持,那副模样令人心生怜悯,但又显得滑稽可笑。他开始喜欢这个女人了。"你父母还健在吗?"他回过神,自己应该从她嘴里打探牛顿的消息,而不是她自己的。为什么他的思绪总是偏离正题?偏离真正的重点?

"母亲过世了。"她吞入一小口金酒,让液体在口腔停留,回味片刻后才咽下,女人眨了眨眼。"我真是太爱金酒了,"她说,"爸爸把农场卖给了政府,换来一个……一个水……"

"水培站?"

"对。他们用水箱种植那些恶心的食物。总之,爸爸现在靠救济金过活,他住在芝加哥的一处新建住宅区,跟我在路易斯维尔的处境差不多,直到我认识了汤米。"

"汤米?"

她苦笑道:"就是牛顿先生,我有时会叫他汤米。之前我一直以为他挺喜欢这个称呼。"

布赖斯长舒一口气,移开了目光,沉默片刻,他又继续问道:"你是怎么认识他的?"

她又喝了一口金酒,同样在口中回味片刻才吞下。她淡淡一笑,"在电梯里。那还是在路易斯维尔时,有一次我坐电梯上楼领取自己的县福利金,汤米也在电梯里。天哪,他的样子真是怪极了!只要看一眼就能感觉出来。然后,他在电梯里摔断了腿。"

"摔断了腿?"

"是呀。是不是听起来很好笑,但他就是摔断了腿。电梯给他造成的负担肯定很大。要是你知道他的体重有多轻……"

"有多轻?"

"天啊,很轻。用一只手就能把他抱起来。他的骨头肯定还不如一只鸟儿结实。我跟你说,他这个人很古怪。唉,他是个好人,又聪明、又有钱,还很有耐心。不过,布赖斯先生……"

"怎么了?"

"布赖斯先生,我觉得他生病了,病得很重。我想是身体上的病——天啊,你真该看看他吃的那些药!还有,我感觉他……应该还有心理问题。我想帮他,但却无从下手。他从不让医生靠近。"她喝光杯中的金酒,身子往前一探,装作在闲聊。但她的脸上写满悲伤——这种悲伤太过真实,直接撕下了这层以闲聊为借口的伪装,"布赖斯先生,我认为他不需要睡觉。我陪在他身边快一年了,从来没见他睡过觉。他根本就不是人类。"

布赖斯的思绪像被打开的镜头,刺骨的寒意顺着他的后颈蔓延,绕过肩膀,沿着脊柱一路向下。

"再来点金酒吗?"他问,一种哭笑不得的感觉涌上布赖斯心头,他随即又说,"我跟你一起喝……"

女人又喝了两杯酒之后才离开。关于牛顿她没有再多说什么——大概是因为布赖斯不想再追问,也觉得没必要再问。不过在离开前(她走路的姿势一点儿也不摇晃,像水手一样千杯不醉),女人一边穿外套,一边说:"布赖斯先生,我是个傻女人,什么都不懂,但我真的很高兴能跟你聊天。"

"这是我的荣幸,"布赖斯道,"只要你愿意,随时可以来找我。"

女人冲他眨了眨眼,"真的吗?"

他原本只是客套一下,但现在,他认真地说:"我希望你能再来。"然后,他又补充道:"我也没有多少能谈心的人。"

"谢谢。"说罢，女人走出房屋，来到冬日的户外，时间已是正午，"那我们以后就可以三个人聊天了，不是吗？"

他不知道距离牛顿到访还有多长时间，但他知道自己必须抓紧行动，才能及时完成准备工作。他感到异常兴奋与紧张，就连穿衣时嘴里都在不停嘟囔："不可能是马萨诸塞，一定是火星。一定是火星……"他希望是火星吗？

换好衣服，他穿上外套，离开房间，来到实验室——两个地方走路只需五分钟。外面已经下起了雪，寒冷的天气吸引了他的注意力，他一时间竟忘记了自己脑海中不断翻滚的念头：他即将揭开谜底，而且是一劳永逸，只要能把仪器及时安装到位。

实验室里还有三名助手，布赖斯跟他们说话时语气生硬，没有理会众人正在谈论的天气话题。当他在拆卸金属实验室的小型仪器（这是用来进行X射线应力分析的设备）时，他能感觉到众人投来的好奇目光，他假装不去注意那些扬起的眉毛。整个过程没有花费太长时间，他只需拆下摄影机、轻型阴极射线发生器与支架之间的螺丝。这些仪器他一个人就能轻易搬动。他检查了下摄影机，确保里面装载了胶片——W.E.公司开发的高速X射线胶片——然后，他一只手拿着摄影机、另一只手拿着阴极射线成套设备离开实验室。关门前，他对其他人说："喂，下午你们三个休息一下吧，行吗？"

众人一脸茫然，其中一个家伙说："好的，布赖斯博士。"说完又看了看另外两个人。

"很好。"他关上门，离开了。

布赖斯客厅的"伪"壁炉旁边有一个空调通风口，现在处于闲置状态。经过二十分钟操作，外加骂了几句街，他总算是把摄影机安装到了格栅后面，快门处于打开状态。和牛顿的众多专利一样，W.E.胶片跟它之前的产品相比具有巨大的科技进步优势，这不得不说是一件幸事，胶片完全不受可见光影响。只有X射线才能令胶片曝光。

发生器中的电子管也是W.E.公司生产的设备，它的工作原理类似闪光灯，能够在瞬间集中释放X射线——这对高速振动研究来说非常有用。当然，也许对布赖斯脑子里现在构思的计划更有用。他把电子管安装在厨房存放面包的抽屉里，隔着墙壁调整好方向，对准镜头大开的摄影机。接着，他从抽屉前面抻出电线，插入水池上方的电器插座。他将抽屉保持在半开状态，这样就可以随时伸手按下为电子管供电的小型变压器侧面的开关。

他回到客厅，小心翼翼地把最舒适的一张椅子放到摄影机和阴极射线电子管中间。然后，他坐到另一张椅子上，等待着托马斯·杰尔姆·牛顿。

第 四 章

等待的时间很长。布赖斯肚子饿了,他试图吃下一块三明治,但总也吃不完。他在地板上踱来踱去,又拿起那本侦探小说,却无法专心阅读。每隔几分钟,他就要走进厨房,确认存放面包的抽屉里阴极射线电子管的位置。有一次,布赖斯想确定设备能否正常运作,因冲动使然,他将开关拨到了"启动"位置,等设备预热完毕,他按动按钮,无形的闪光射穿墙壁、透过椅子,直达摄影机镜头,将放在机器背后固定支架上的胶片曝光。就在按动开关的同时,他在心底暗自咒骂着自己:怎么能如此瞎胡闹,这不,胶片给弄曝光了。

他花了二十分钟时间才拆下空调通风管道的格栅,取出里面的摄影机。然后,他要取下胶片(现在已经变成褐色,说明曝光充分),再从胶片盒里拿出新的换上。由于担心牛顿随时可能会敲门,他顾不得大汗淋漓,赶忙把摄影机重新装进通风管道,检查好镜头情况,用颤抖的双手、小心翼翼地把摄影机对准椅子方向,最后再安好格栅。他确认镜头位置在格栅的缝隙之间,这样就能保证不会有金属干扰。

就在他挽起袖子洗手时,屋外传来敲门声。他强作镇定,慢慢挪到门口，接着打开门，手里还拿着毛巾。

T. J. 牛顿站在雪地中，他戴着一副太阳镜，穿着薄薄的夹克衫。他微微一笑，似乎带着一丝讽刺意味，和贝蒂·乔不同，他看起来一点儿也不冷。火星，布赖斯寻思道，火星是个冰冷的星球，他把牛顿让进屋。

"下午好，"牛顿开口道，"希望没有打扰到你。"

布赖斯极力让自己的声音保持平稳，令他意外的是，他做到了。"没有。反正我也无事可干。进来坐吧。"他指了指通风管道旁边的椅子。做这个动作时，他想到了达摩克勒斯❶，想到了宝剑下的王座。

"不用了。"牛顿说，"谢谢。我已经坐了一上午。"他脱下夹克，放到椅背上。和往常一样，他穿着短袖衬衫，从袖口伸出来的胳膊看起来就像两根细长的烟斗杆。

"我给你倒杯酒。"要是喝东西的话，他就有可能坐下来。

"谢谢，不用了。我……正在戒酒。"牛顿走到侧墙边，仔细端详起布赖斯的画。他驻足观瞧，一语未发，布赖斯自己倒是坐了下来。过了一会儿，牛顿开口道："这幅画真不错，布赖斯博士。是勃

---

❶ 达摩克勒斯（Damocles）：又译"达摩克里斯""达摩克利斯"，公元前四世纪意大利叙拉古僭主狄奥尼修斯二世的朝臣。一次，僭主提议与达摩克勒斯交换一天身份，达摩克勒斯享受了一天作为君主的感觉，但当晚宴快结束时，他才注意到在自己头顶，也就是王位上方仅用一根马鬃倒悬着一柄利剑。

鲁盖尔的作品，对不对？"

"没错。"这当然是勃鲁盖尔的作品。所有人都知道这是勃鲁盖尔的作品。牛顿为什么不坐下来？布赖斯把自己的指关节弄得噼啪作响，但很快又停了下来。牛顿心不在焉地拂去头发上几滴融化的雪珠。要是他再高一些，指关节就会被天花板擦伤了。

"叫什么名字？"牛顿问道，"这幅画。"

牛顿应该知道才对，这幅画这么有名。

"《伊卡洛斯坠落》。在水里的就是伊卡洛斯。"

牛顿继续欣赏画作。"非常棒，"他说，"里面的风景跟我们这边很像。有山、有雪，还有水。"他转过身，目光落到布赖斯身上，"当然，也有不一样的地方，这幅画里有人在犁地，太阳的位置也更低。应该是比较靠近下午的时候……"

布赖斯有些恼火，他的神经依旧紧张，声音也有些急躁。"为什么不能是上午？"他问。

牛顿的笑容非常奇怪。他的双眼似乎定格在某个遥远的彼岸。"不太可能是在早上，对吧？"

布赖斯没有回答，但牛顿说得没错，伊卡洛斯坠落的时间正值晌午。他一定是下坠了很长一段距离，画面中的太阳已经有一半落入了地平线以下，水面上也只剩下伊卡洛斯的腿和膝盖还在胡乱摆动，眼前的场景一看就是他跌入水面造成冲击的瞬间——因为自己的有勇无谋，他即将迎来溺亡的命运，但周围却没有人注意到他。他肯定是从中午开始就一直在坠落。

牛顿打断了布赖斯的思绪。"我听贝蒂·乔说,你愿意跟我一起去芝加哥。"

"是的。但是请告诉我,你为什么要去芝加哥?"

牛顿做了一个非常奇怪的姿势——他耸了耸肩,双手手掌向外摊开,这不是他的风格,肯定是从布林纳德那儿学来的。他开口道:"哦,我需要再多找几个化学家。我认为参会是招聘他们的不错方式。"

"那我呢?"

"你也是化学家。或者说是一位化学工程师。"

布赖斯犹豫片刻才开口,他说的话可能有些粗鲁,但牛顿似乎并不介意这种坦率的表达方式。"牛顿先生,你在人事部门可是雇了一大帮员工,"布赖斯勉强挤出一个笑容,"我可是跟这群人事大军打了好几架,最后才获得跟你见面的机会。"

"没错,"牛顿说,他转过身,匆匆瞥了一眼画,然后道,"也许我真正想要的是……一次休假。去一个新地方。"

"你之前没去过芝加哥?"

"没有,在世人眼中,我可能活得像个隐士。"

听到这儿,布赖斯的脸涨得通红。他转过身,对着人工壁炉的方向开口道:"圣诞节期间的芝加哥可不是休闲和度假的好去处。"

"冰天雪地对我来说倒是无所谓,"牛顿说,"你呢?"

布赖斯紧张地笑了笑,"虽然我不像你那样对寒冷免疫,但我能忍住。"

"好,"牛顿走到椅子前,拿起夹克,开始穿衣服,"很高兴你能陪我一起去。"

看着对面的人(真的是人吗?)准备离开,布赖斯有些惊慌失措。他可能不会再有第二次机会了。"等一下,"他支支吾吾地说,"我去给……给自己倒杯酒。"

牛顿没有说话。布赖斯离开房间,走进厨房。经过房门时,他回头看了一眼,想确认对方是否还站在椅子后面。他的心一沉:牛顿又跑回了画那边,再次站到画框前,一脸严肃地凝视着画中的场景。牛顿弓着腰,因为他的头少说也要比那幅画高上一英尺。

布赖斯给自己倒了双倍的苏格兰威士忌,接着又往杯中加了些自来水。他不喜欢在酒里加冰。他站在水池边,将酒大口吞下、一饮而尽,牛顿竟然一直站着不坐——他默默在心底诅咒着这份坏运气。

等布赖斯再次回到客厅,他看到牛顿竟然坐了下来。

对方转过头看着布赖斯。"我想我还是再待一会儿吧。"他说,"我们应该讨论一下之后的安排。"

"当然,"布赖斯说,"我觉得也应该讨论讨论。"他像被冻住似的杵在原地愣了一会儿,随后又急忙说,"我……我忘了放冰块。给我的酒。实在不好意思。"他又回到了厨房。

布赖斯把手伸进存放面包的抽屉,打开开关,整个过程中,他的手一直颤个不停。设备预热期间,他走到冰箱旁边,从储冰篮里取出冰块。这是他一生中为数不多感谢技术进步的时刻:谢天谢地,终于不用再和那些胡乱挤在托盘里的冰块搏斗了。他往酒里加了两块方冰，不小心把一些碎冰碴儿洒在了衬衫前襟。接着，他回到存放面包的抽屉前，深吸一口气，按下按钮。

耳边传来几乎察觉不到的嗡嗡声，之后，周围再次回归寂静。

他关掉开关，回到客厅。牛顿依旧坐在椅子上，他的眼睛盯着炉火。布赖斯一时间无法将自己的目光从通风管道上移开，摄影机就在这里面，胶片现在应该已经曝光了。

他摇了摇头，试图驱散心中的焦虑。事已至此，要是现在露出马脚，那也太可笑了。他觉得自己就像个叛徒——一个刚刚出卖了朋友的叛徒。

牛顿开口道："我想我们可以飞过去。"

布赖斯没有忍住，"像伊卡洛斯那样？"他挖苦道。

牛顿笑了笑，"我更希望能像代达罗斯那样。我可不想溺水。"

现在轮到布赖斯站起来了。他不想坐下来被迫和牛顿面对面。"坐你的飞机吗？"他问。

"是。我本来打算在圣诞节早上过去。当然，也要看布林纳德能否在芝加哥机场那边安排好空闲机位。不过我担心会遇上高峰期。"

布赖斯就快要喝完杯中的酒——对他来说，这饮酒的速度要比平时快上许多。"没必要非在圣诞节当天走，"他说，"可以在两个高峰期中间行动。"接着，他提了一个问题，但他自己也不明白为什么要问，"贝蒂·乔也一起去吗？"

牛顿犹豫片刻。"不，"他说，"只有你跟我。"

他觉得自己有些不理智——就像那天两个人在湖边喝着金酒聊天时一样。"她不会想你吗?"他问。当然,这压根儿不关布赖斯的事。

"也许吧。"刚才的问题似乎并没有冒犯到牛顿,"我猜我自己也会想她吧,布赖斯博士。但是,她不会去。"他默默盯着炉火,这一次注视的时间更长,"圣诞节早晨八点出发,有问题吗?要是你想,我可以让布林纳德来家里接你。"

"没问题。"他仰起头,将剩下的苏格兰威士忌一饮而尽,"我们要待多长时间?"

"至少两三天吧。"牛顿站起身,又开始穿夹克。布赖斯如释重负,他觉得好像再也无法控制自己了。那张胶片……

"我觉得你需要准备几件干净的衬衫,"牛顿说,"费用我来出。"

"好呀,"布赖斯的笑容有些紧张,"你可是个百万富翁。"

"没错。"牛顿拉上夹克。布赖斯还坐在椅子上,他抬起头,望着被太阳晒得皮肤黝黑、瘦骨嶙峋的牛顿,对方就像是一座雕塑,高高地耸立在自己面前。"你说得对。我是个百万富翁。"

牛顿弯下腰,跨过门槛,离开房间,他迈着轻快的步伐,融入户外的皑皑白雪之中……

布赖斯兴奋得手指都在抖,看到自己如此激动,他的内心感觉有些羞耻,他拆掉空调通风管道前的格栅,拿出摄影机,放到沙发上,取下里面的胶片。他穿上外套,小心翼翼地把胶片放入口袋,迎着风雪走向实验室,此时的积雪已经有了一定厚度。他唯一能做的,就是压制住自己想要奔跑的冲动。

实验室里没有人——他提前把那些助手赶回了家，真是谢天谢地！他径直奔向洗片与放映间。尽管实验室很冷，但他没有停下脚步打开加热器，也没有脱外套。

布赖斯从气体显影罐中取出底片，他的双手颤抖得十分厉害，以至于他几乎没办法把胶片放入机器中。不过最后他还是做到了。

接着，他打开放映机开关，望着远处墙壁上的屏幕，他止住了双手的颤抖，也屏住了呼吸。他盯着画面看了足足一分钟。然后，他突然转过身，走出放映间，来到实验室——这间又大又长的屋子现在空荡荡的，四周的空气冰冷异常。布赖斯吹起口哨，音乐从他的牙缝中传出，不知怎的，那旋律听上去像是：如果你像我一样了解苏茜……❶

独自一人的实验室里，布赖斯轻声大笑。"是的。"他讲出的这两个字在撞到房间尽头的墙壁后又弹了回来，回声越过了试管架、本生灯、玻璃器皿、坩埚、窑炉还有测试仪器，听起来似乎有些空洞。"是的，"他说，"是的，先生，是侏儒怪。"

在取下放映机里的胶片前，他又看了一眼显示在墙壁上的图像：包裹在扶手椅模糊轮廓之下的并非一具人类躯体，完全不是人类该有的骨骼结构——没有胸骨、尾椎和浮肋，颈椎似由软骨构成，肩胛骨又小又突出，第二与第三对肋骨相连。我的天啊，布赖斯心想，我的天啊。是金星。天王星、木星、海王星，或者火星。我的天啊！

❶ 出自1925年发表的流行歌曲《如果你了解苏茜》。

他注意到胶片底部的角落里印着一行不易察觉的小字：W. E. 公司。这两个字母所代表的含义，布赖斯早在一年多以前打听那盒彩色胶卷的来历时便知道了。如今，它又再次出现在自己眼前：世界集团公司。它的背后，究竟隐藏着怎样可怕的东西。

第五章

　　两个人在飞机上几乎没有什么交流。布赖斯试图读几本冶金研究方面的小册子，但他坐立难安、思绪游离。每隔一段时间，他的视线就会穿过狭窄的休息室，瞥向牛顿的座位方向，而牛顿则一脸平静地坐在那边，一只手捧着水杯，另一只手拿着书。他正在看《华莱士·史蒂文斯❶诗集》，脸上没有任何表情，似乎已经沉浸其中。休息室的墙面装饰有许多巨幅彩图，画面中是各种飞鸟，有鹤、火烈鸟、苍鹭和野鸭。布赖斯第一次去项目现场搭乘的就是这架飞机，当时他特别欣赏这些图片，他觉得飞机的主人很有品位，但现在，这些东西让他觉得不舒服，就好像它们是不祥之物。牛顿小口喝着水，一页页翻着书，其间还对着布赖斯笑了一两次，但一句话也没有说。牛顿身后有一扇小窗户，透过长方形的窗户玻璃，布赖斯能够窥见机舱外面脏兮兮、灰蒙蒙的天空。

　　他们用了不到一个小时便抵达芝加哥，又花了十分钟才让飞机

---

❶ 华莱士·史蒂文斯（Wallace Stevens，1879—1955）：美国现代派诗人，著有《观察一只黑鹂的十三种方式》《秋夜极光》《雪中人》《瓶子逸话》等诗作。

着陆。走出机舱,现场一片混乱,停放在周围的灰色卡车(看不太清车身轮廓)、随处可见的拥挤人群(每个家伙的表情都很坚定),以及地面上玻璃般的积雪(融化后再次回冻,已经脏得不成样子,走在上面凹凸不平)。风刮到脸上,好似刺来根根细针。布赖斯将下颌缩进围巾里,竖起外套衣领,拉紧帽子,同时又看了一眼同伴,就连牛顿好像都受到了寒风的影响,两只手已经插进了口袋,甚至还缩了缩身子。布赖斯裹着一件又厚又重的大衣,而牛顿只穿了一件粗花呢羊毛夹克和一条羊毛裤,这身打扮确实挺奇怪的。不知道这家伙戴帽子会是什么模样,布赖斯心想。火星人也许应该戴圆顶的硬毡帽。

一辆塌鼻卡车拖着飞机离开机场。这架造型优雅的小型喷气式飞机闷闷不乐地跟在卡车后面,似乎觉得在地面行走是一件奇耻大辱,因而心生怨恨。不知是谁对着路人喊了一句"圣诞节快乐!"布赖斯这才意识到,今天还真是圣诞节。牛顿从他身边走过,看起来心事重重,布赖斯跟在后面,他走得很慢,小心翼翼地跨过冰雪构成的高原和陨石坑,这种感觉就像是在月球表面行走,脚下是一块块肮脏的灰色岩石。

航站楼里空气闷热,汗味弥漫,人声嘈杂,拥挤不堪。候机厅正中间是一棵不停旋转的巨大塑料圣诞树,上面装饰着塑料积雪、塑料冰柱,还有令人不适的闪烁灯光。《白色圣诞节》的歌声不知从哪儿传出,唱诗班甜得发腻的嗓音与乐曲间奏的铃音、电子管风琴音一起回荡在喧嚣的人群上空:"我的梦——想是拥有一个白色圣——诞节……"这是一首古老动听的圣诞节歌曲。隐蔽的管道中飘来松木气味——或者说松油的气味，跟公共盥洗室里使用的空气清新剂味道差不多。身穿皮草的女人们三五成群，甩着刺耳的尖嗓门聊天说话，男人们大摇大摆地穿过候机厅，他们手里拿着公文包、各种包裹还有相机。一个醉汉瘫坐在仿真皮面的扶手椅上，脸上满是油污。布赖斯身边有个小孩十分紧张地对另一个孩子说："你也是其中一员。"布赖斯没有听到对方的回答。"愿你天天幸福快乐，愿每一个圣——诞——节——都洁白如雪！"

"我们的车应该就停在大楼前面。"牛顿说，从他的声音中听出了一丝痛楚。

布赖斯点了点头。两个人默默穿过人群，走出大门。屋外的冷空气让人如释重负。

汽车已经就位，旁边还站着一位身穿制服的司机。两个人上了车，等感觉舒服一些后，布赖斯问："你觉得芝加哥怎么样？"牛顿打量了一会儿布赖斯，随后道："我已经忘记了刚才看到的所有人。"他微微一笑，表情略显僵硬。牛顿引用了但丁的话："我从未想过，死亡竟会毁掉如此多人。"布赖斯心想，倘若你是身处地狱的但丁（或许你还真是），那我便是维吉尔。

在酒店房间吃过午饭，两个人乘坐电梯来到大堂，与会代表正在此处漫无目的地闲逛，所有人都在努力扮作一副喜悦、庄重与自在的模样。大厅里摆满现代风格的日式铝板家具和红木家具，在如今这个时代，这些东西就是优雅的代名词。布赖斯找到一些老熟人

（其中大部分他都不喜欢），两个人花了几小时工夫，和众人进行了一番交流，其中三位似乎有兴趣为牛顿工作。双方约定了相关事宜。牛顿几乎没怎么发言。介绍到他时，他会点头微笑，偶尔也说上几句。他引起了一些人的关注 —— 周围不知谁问了一句"这是哪位" —— 但他似乎并没有察觉。布赖斯明显能感觉出来，牛顿面临着巨大的压力，但他的表情依旧保持着之前的平静。

二人被邀请参加在酒店套房里举办的鸡尾酒会，这是某家工程公司赞助的免税活动，牛顿接受了邀请。邀请者见状十分高兴，这家伙长了一张黄鼠狼的脸，比牛顿矮了一头，他抬头望着牛顿说："我真是太荣幸了，牛顿先生。非常荣幸能有机会与您交流。"

"谢谢。"牛顿应道，他的脸上挂着一成不变的微笑。等男人离开，他对布赖斯说："我想出去走走，你能陪我一起吗？"

布赖斯点了点头，他也松了一口气，"我去拿外套。"

通往电梯的路上，他遇到三个男人。他们衣着得体，全都穿着一身商务西装，在郑重其事地大声交谈。两拨人擦身而过，布赖斯听见其中一人说："……不只是在华盛顿。怎么，你可别跟我说化学战没有前景。这个领域需要新鲜血液。"

即使在圣诞节，也有一些商店开着门。大街上人头攒动，多数人的眼睛都直勾勾地望着前方，脸上的表情仿佛被凝固住。此时的牛顿看上去有些紧张，就好像汹涌的人潮是能将他吞没的巨浪，是由一千个电磁体组成的可感知能量场，他似乎需要费尽力气才能继续前进。

他们逛了几家店,每到一处,扑面而来的都是头顶明亮的灯光与黏腻的热气。"我想应该给贝蒂·乔带份礼物。"牛顿说。最后,在一家珠宝店,他给贝蒂买了一个精致的小时钟,是用白色大理石和黄金制成的。布赖斯将时钟装入颜色鲜艳的礼盒,帮牛顿带回了酒店。

"你觉得她会喜欢吗?"牛顿问。

布赖斯耸了耸肩,"当然,她会喜欢的。"

外面开始下雪了……

· · ·

下午和晚上都安排了许多会议,但牛顿只字未提,布赖斯也松了口气,这意味着自己不需要参加这些会议。他觉得那些有关"挑战"与"实用概念"的愚蠢讨论没有半点用处。利用空闲的午后时间,他们会见了有兴趣加入世界集团的三人。其中两个同意在春天入职——考虑到牛顿支付的薪水,他们也没理由拒绝。其中一位将从事车辆引擎冷却剂研究,而另一位聪明和善的年轻人将在布赖斯手下工作,他是材料腐蚀方面的专家。收获两位人才,牛顿看起来很高兴,不过也很明显,他并不是真的在乎这两个家伙。整个会见过程他都心不在焉、含糊其词,大部分谈话只好由布赖斯主持。等面试全部结束,牛顿似乎松了一口气。不过你也很难准确描述他对某件事到底有什么看法。要是能知晓牛顿那颗奇怪的外星人头脑里究竟在想些什么,要是能破解他那无意识的微笑(那一抹充满睿智与伤感的浅浅笑容）背后所隐藏的谜题，那该多有意思。

举办鸡尾酒会的地方位于酒店顶楼。二人穿过不算长的走廊，来到铺满蓝色地毯的宽阔房间，到处都是轻声细语交谈的宾客，大部分是男性。房间里有一面墙整体都是玻璃做的，这座城市发出的灯光分散映照在玻璃表面，整面墙看上去仿佛一张复杂的分子图。家具都是布赖斯喜欢的路易十五风格，墙上的画作也很有品位。从屋内隐蔽的扬声器中传出巴洛克风格的赋格曲，乐声柔和清晰，布赖斯不知道这是哪首曲子，不过他很喜欢。巴赫？维瓦尔第？他喜欢这个房间，为了能继续待在这儿，他觉得自己可以忍到聚会结束。当然，那面闪烁着芝加哥城市灯光的玻璃幕墙还是有一丝违和感。

一位男士拨开人群，来到两人近前寒暄，他的脸上挂着迷人的微笑。布赖斯吃了一惊，认出对方就是在大堂讨论化学战的家伙。他穿着一身剪裁考究的黑色西服，整个人看上去非常兴奋。"欢迎来到这座远离郊外生活的避难所，"他边说边伸出手，"我是弗雷德·贝内迪克特。酒吧就在那边。"他狡黠地朝门口方向点了点头。

布赖斯握住对方的手，对方在握手时故意用了很大力气，这让他有些恼火，随后，他向男人介绍了自己和牛顿。

贝内迪克特显然对牛顿印象深刻。"托马斯·牛顿！"他说，"我的天啊。我正盼望您能大驾光临。您知道吗，您可是名声在外，世人都称您为……"他似乎有点不好意思，"隐士。"他哈哈大笑。牛顿低下头看着他，脸上依旧挂着平和的微笑。这时贝内迪克特的窘态已然消散，他继续道："托马斯·J.牛顿——您知道吗，我都不敢相信这世上真的有您这样的人。我们公司从您那儿租赁了七套生产工艺——确切地说，是从世界集团——我脑中关于您的唯一想象就是：您是某种型号的计算机。"

"没准儿我还真是一台计算机，"牛顿说，紧接着，他又问道，"贝内迪克特先生，你在哪家机构就职？"

贝内迪克特犹豫片刻，好像担心自己会被嘲笑，至少在布赖斯看来是这样。

"我就职于未来无限公司。大部分研究都与化学战有关，当然，我们也从事塑料方面的研究，比如容器之类的。"他稍稍弯腰鞠了一躬，似乎想博众人一笑，"算是此次聚会的主办方。"

牛顿说了声"感谢邀请"，他朝酒吧方向挪了几步，"这地方真不错。"

"我们也有同感，而且全部免税。"就在牛顿准备离开时，贝内迪克特说，"牛顿先生，我去给您二位拿酒。我们这边还有几位客人，希望您能赏光见上一面。"似乎他也不知道该拿这个身材高挑的怪人怎么办，但又生怕对方走掉。

"不用麻烦了。贝内迪克特先生，"牛顿说，"稍后我们再来叨扰。"

贝内迪克特看起来不太开心，不过他并没有反对。

两个人走进酒吧。布赖斯说："没想到你这么有名。一年前我找你时，还没人听说过你呢。"

"你无法永远守住秘密。"牛顿说，此时他脸上的笑容已经消失。

这个房间比刚才的要小，不过同样很雅致。光亮的吧台上方挂着马奈❶的《草地上的午餐》。酒保上了年纪，满头华发，但跟隔壁房间的科学家和商人相比，老人的相貌气质更加出众。直到坐进酒吧，布赖斯才意识到自己身上的灰色西装有多破旧，这还是四年前他在一家百货商店里买的。衬衫也一样，不仅衣领磨损，两边的袖子也有点长。

他点了一杯马提尼，牛顿要了一杯不加冰的白开水。趁酒保调酒之际，布赖斯环顾房间四周，开口道："你知道么，偶尔我也会想，拿到博士学位后，自己也应该像他们一样找家公司就职。"他冷冷一笑，"要是那样的话，现在我一年就能挣到8万，也可以过上这种生活。"他朝房间那边挥了挥手，目光在一位衣着华丽的中年妇女身上停留片刻，女人精心保持着身材，一看到她的脸，就能让人联想到金钱与快乐。她涂着绿色的眼影，嘴唇性感无比。"我没准儿还能研发出用于制作丘比娃娃的新型塑料，或者用于舷外发动机的润滑剂……"

"或者毒气瓦斯？"牛顿的水已经端到眼前，他打开一个银质小盒，取出一片药。

"那又怎样？"布赖斯端起马提尼，他动作小心，以免酒洒出来，"总要有人去研制毒气瓦斯。"他抿了一口，酒太烈了，他的喉咙与

---

❶ 爱德华·马奈（Édouard Manet，1832—1883）：法国现代派画家，十九世纪印象主义奠基人之一。

舌头好似火烧，声音提高了一个八度，"我们需要类似毒气瓦斯的东西来防止战争，这些话难道不是他们说的吗？事实已经得到证明。"

"有吗？"牛顿说，"你在从事教学之前不是还研究过氢弹吗？"

"没错，我干过。你是怎么知道的？"

牛顿冲他微微一笑——不是那种机械的假笑，而是真正开心的笑容，"我请人调查过你。"

布赖斯又喝了一口酒，比上一次的量要多，"调查我干什么？测试我的忠诚度吗？"

"哦……纯粹是出于好奇。"他停顿片刻，又问道，"你为什么要研究炸弹？"

布赖斯沉吟片刻。在酒吧里，把一个火星人当作倾听自己告解的神父，他觉得现在的状况有些好笑，不过倒也无所谓。"一开始，我并不知道那玩意儿是炸弹，"他说，"那段时间我相信自己从事的就是纯科学研究。是为了上天摘星，是为了探索原子奥秘，是这个混沌世界里唯一的希望。"他喝完了马提尼酒。

"那你现在不再相信那些事情了？"

"对。"

隔壁房间的音乐换了曲目，布赖斯只能大致听出是一首无乐器伴奏的合唱曲。整首歌的感觉有些微妙，结构复杂，这让布赖斯产生了一种错觉，似乎与之相比，之前那些旧式复调音乐都很幼稚。还是说这种理解是不对的？根本就没有幼稚艺术或复杂艺术之分？而所谓的堕落艺术亦是如此？科学领域不也是这样吗？跟植物学相比，难道化学就更堕落吗？事实并非如此。要看它的用途，它的目的……

"我想，换作是我也一样。"牛顿说。

"我想再来一杯马提尼。"布赖斯说。一杯美味的马提尼，当然，也是一杯堕落的马提尼。他的脑子里突然蹦出这样一句话：啊，你们这小信的人哪❶。他对着自己笑了笑，然后看了一眼牛顿。牛顿正在喝水，身体坐得笔直。

第二杯马提尼的感觉就没那么烧得慌了。他又要了第三杯。反正都是那个谈论化学战的男人买单。还是说这些费用最终都会摊到纳税人头上？这取决于你从哪个角度来看。布赖斯耸了耸肩。不管怎样，每个人都要付出代价——无论是马萨诸塞人还是火星人。不管你是谁，来自哪里，都要付出代价。

"我们回隔壁房间吧。"布赖斯说，他又拿了一杯马提尼，喝的时候小心翼翼，以免酒洒出来。他注意到自己的衬衣袖口已经完全跑到了大衣外面，看起来像一条又宽又破的腕带。

两个人刚要从门口走回大房间，就在这时，一个又矮又胖的男人挡住了他们的去路，这家伙略带醉意、正在情绪激动地说着话。布赖斯迅速转过身，但愿对方不要认出自己。挡路的男人名叫沃尔特·卡努蒂，来自艾奥瓦州彭德利市彭德利大学。

---

❶ 语出《圣经·新约·马太福音》8∶26，"小信的人"指对神的信不足或缺失的人。

"布赖斯！"卡努蒂说，"不会吧！内森·布赖斯！"

"你好，卡努蒂教授。"布赖斯有些尴尬，他把马提尼换到左手，接着跟对方握了握手。卡努蒂的脸很红，明显是喝了不少。他穿着一件绿色的丝质夹克，里面套了件棕褐色衬衫，衣领上还装饰着不起眼的小褶边。这身打扮显得过于青春，跟他的年龄并不相符。他整个人看起来就像是男装杂志封面上的人体模特（除了那张柔软粉嫩的脸）。布赖斯努力抑制着自己声音中的嫌恶情绪，"很高兴再见到你！"

卡努蒂一脸疑惑地望着牛顿，没办法，只能相互引见一下了。布赖斯磕磕巴巴地介绍着两个人的名字，对自己现在的尴尬处境表示愤怒。

听到牛顿的名字，卡努蒂的反应跟贝内迪克特差不多，硬要说有什么区别的话，就是他的反应更大。他伸出两只手握住牛顿，"对呀。对呀，可不是嘛。世界集团。继通用动力公司之后规模最大的企业。"他夸夸其谈，仿佛是要为彭德利大学争取一份利润丰厚的研究合同。每当有研究合同要签订，教授们就会开始巴结那些商人，每每见到那幅场景，布赖斯都会感到恐惧——毕竟那些商人可是他们私下聊天时嘲笑的对象。

牛顿微笑着小声嘀咕了几句，最后，卡努蒂放开牛顿的手，像个孩子一样咧嘴笑起来。"好啦！"他把胳膊搭在布赖斯的肩膀上，"好啦，小内，之前发生了许多事，但都过去了。"突然之间，卡努蒂似乎想到了什么，布赖斯惊恐地缩了缩身子。教授看着眼前的布赖斯和牛顿，开口道："对了，小内，你现在就职于世界集团吗？"

布赖斯没有回答，他知道接下来会发生什么。

牛顿接过话茬，"布赖斯博士已经在我们这边工作了一年多。"

"哈，不……"褶边衣领上，卡努蒂的脸变得更红了，"不会吧。在世界集团工作！"教授圆滚滚的脸上堆满抑制不住的笑容，布赖斯将杯中的马提尼一饮而尽，他觉得现在的自己可以轻而易举地拿起鞋跟戳向那张脸。卡努蒂的笑变成了打嗝一样的咯咯笑，他对牛顿说："有件事我得告诉你，牛顿先生，这可是无价之宝。"他再一次发出咯咯的笑声，"我想小内应该也不会介意，毕竟都已经是过去的事了。不过你知道吗，牛顿先生，当初小内抛下我们离开彭德利的时候，世界集团制造的东西可是让他伤透了脑筋，不过现在，他可能也在帮你们生产这些玩意儿了。"

"是吗？"趁卡努蒂说话的间隙，牛顿插了一句。

"这不是重点。"卡努蒂伸出一只手，在布赖斯肩膀上乱抓，布赖斯恨不得一口将它咬掉，但他动弹不得，只能在一旁听着，他知道接下来会发生什么。

"重点是，曾经的小内认为那些东西是你靠某种巫术制造出来的。小内，我说得对不对？"

"没错，"布赖斯说，"巫术。"

卡努蒂哈哈大笑，"小内可是这个领域顶尖的专家之一，我相信你也知道，牛顿先生。不过也许他被什么东西冲昏了头脑。他认为你的彩色胶卷是在火星上发明出来的。"

"哦？"牛顿说。

"千真万确。火星之类的地方。他的原话是'外太空'。"卡努蒂捏了捏布赖斯的肩膀，表示自己并没有恶意，"我敢打赌，他跟你见面时，一定认为自己会看到一个三头人，或者长满触手的怪物。"

牛顿的笑容友善可亲。"那还真是十分有趣。"他看着布赖斯，"很抱歉让你失望了。"他说。

布赖斯的眼睛看着其他地方。"一点儿也没失望。"他说。他的手在颤抖，他把酒杯放到桌上，硬把双手塞进了夹克口袋。

卡努蒂又开始滔滔不绝，这一次他聊的是自己读过的几篇杂志文章，还有世界集团及其对国民生产总值所做的贡献。布赖斯突然打断了对话。"不好意思，"他说，"我再去拿杯酒。"他转过身，快速走回酒吧，整个过程看都没看另外两个人。

等拿到酒，他又不想喝了。酒吧的气氛变得压抑起来，酒保的形象也不再出众，不过是个装腔作势的奴才罢了。隔壁房间传来的音乐（这会儿又变成了赞美诗）听上去神经兮兮、特别刺耳。酒吧里的人太多了，他们讲话的声音太吵了。布赖斯环顾四周，似乎陷入了绝望。男人们一个个穿得光鲜亮丽、神气活现；女人们则打扮得像鹰身女妖一样妖艳。见鬼去吧，他心想，全都见鬼去吧。他起身离开吧台，留下丝毫未动的酒，大摇大摆地走回正厅。

牛顿正在等他，一个人。

布赖斯直视着牛顿的眼睛，努力不让自己退缩。"卡努蒂人呢？"他问。

"我告诉他我们要离开了。"牛顿耸了耸肩,再次摆出那个难以置信的法式动作,布赖斯之前也见过。"真是个没礼貌的家伙,不是吗?"

布赖斯抬头与牛顿对视片刻,那双眼睛真叫人难以捉摸。过了一会儿,布赖斯说:"我们走吧。"

两个人默默离开,谁也没有开口,他们肩并肩走过铺满厚地毯的长廊,回到自己的房间。布赖斯用钥匙打开房门,等关上身后的门,四周安静下来,他语气平静地问:"好了,那你是不是?"

牛顿坐到床边,一脸疲惫地对着布赖斯笑了笑,然后说:"我当然是。"

已经没什么好说的了。布赖斯发现自己在喃喃自语:"天啊,天啊。"他一屁股坐到扶手椅上,盯着自己的脚,"我的天啊。"

他坐在那里一直打量着双脚,似乎过了很长时间。他应该早就知道了,但亲耳听到对方的自白,这当中的震惊又是另外一回事。

过了一会儿,牛顿开口道:"你想喝点什么吗?"

布赖斯抬起头,突然放声大笑,"天啊,当然要喝。"

牛顿拿起床头电话,叫来客房服务。他要了两瓶金酒、一瓶苦艾酒,还有一些冰块。挂断电话,他说:"我们一醉方休。布赖斯博士,毕竟这样的机会可不多啊。"

两个人都没再说话,直到侍者送来装着酒、冰块和马提尼调酒杯的手推车。托盘上放着一碟鸡尾洋葱、柠檬皮和绿橄榄,另一个碟子里是坚果。等男孩离开,牛顿说:"你能帮忙调下酒吗?我想喝不掺水的纯金酒。"他依旧坐在床边。

"当然可以。"布赖斯站起身,他感到一阵头晕,"是火星吗?"

牛顿的声音听起来有些奇怪。还是说布赖斯已经喝醉了?"有什么区别吗?"

"肯定有区别。你是来自这个……这个太阳系吗?"

"是的。据我所知,也不存在其他的。"

"没有其他太阳系?"

牛顿接过布赖斯递来的金酒,他握住杯子,陷入沉思。"只有恒星,"他说,"没有行星。据我所知是没有。"

布赖斯正在调制马提尼。现在他的手已经完全不抖了,他已经跨过了一道坎儿,他觉得不会再有什么东西能够影响或者动摇自己了。"你来这儿多久了?"他一边问,一边搅动着杯中的液体,耳边传来冰块碰到调酒杯的声音。

"你调酒的时间够长了吧?"牛顿说,"最好还是赶快喝掉它。"说完他自己先吞下一口酒,"我在你们的地球上已经生活了五年。"

布赖斯停止搅动,将酒倒入杯中。他豁出去了,于是又往酒中加入三颗橄榄,少量马提尼酒溅到了手推车的白色亚麻布罩上,留下星星点点的水渍。"你打算一直待下去吗?"他问,听起来就像是在巴黎的一家咖啡馆里,当地人正在询问一位游客,牛顿应该在脖子上挂个相机。

"是,我打算留下来。"

布赖斯坐了下来,他发现自己的眼睛在房间四处游荡。这间屋子很舒适，淡绿色的墙壁，上面还挂了几幅老少咸宜的画作。

他将目光重新集中到牛顿身上。托马斯·杰尔姆·牛顿，火星人。来自火星之类的地方。"你是人类吗？"他问。

牛顿的酒杯已经空了一半。"那要看你怎么定义了，"他说，"不过，我和人类有足够多的相通之处。"

他本来想问，"在哪些地方相通？"但还是忍住了。既然已经解开了第一大题，他不妨趁热打铁，马上询问第二大题的答案，"你为何来这儿？"他说，"你要干什么？"

牛顿站起身，往自己的杯里倒了更多金酒，接着走到扶手椅旁边坐下。他看着布赖斯，纤细的手掌小心翼翼地端着酒杯，"不知道，我也不确定自己要干什么。"他回答道。

"不确定自己要干什么？"布赖斯问。

牛顿把酒杯放到床边的桌子上，然后开始脱鞋。"一开始，我以为自己知道来这儿是为了什么。但后来……最初的两年我很忙，非常忙。直到最近一年我才有更多时间思考。可能思考的时间太多了。"他把鞋子整齐地并排摆放到床下，接着舒展四肢，背靠枕头，将两条长腿搭在了床罩上。

摆出这样一副姿态，他看起来真的很像人类。"为什么要造飞船？那东西不仅是勘探设备，还是一艘飞船，对不对？"

"是飞船。或者更准确地说，是一艘摆渡船。"

跟卡努蒂交谈后，布赖斯曾一度陷入震惊的情绪无法自拔，世间一切在他眼中都变得不再真实。不过现在，他逐渐恢复了对周遭万物的理解能力，体内的科学家血液开始发挥作用。他放下酒杯，决定从现在开始一口酒都不喝了，保持头脑清醒非常重要，不过在放杯子时，他的手一直抖个不停。

"也就是说，你计划将更多的……同胞带到这里？通过那艘摆渡船？"

"是的。"

"这里还有你们的人吗？"

"只有我一个。"

"为什么要在这里造飞船？你们的星球肯定也有这玩意儿。你也是靠它来到这儿的。"

"没错，我成功抵达这里，但乘坐的是单人飞船。你也知道，燃料才是问题所在。我们只够送一个人过来，而且是单程票。"

"是原子燃料吗？铀之类的？"

"是的。当然。但我们所剩无几。我们也没有石油、煤炭，或水电能源。"他微微一笑，"那边可能还有上百艘飞船，比我们在肯塔基造的那艘要高级许多，但没办法把它们弄过来。用你们的时间单位计算，这些飞船已经有五百多年没启动过了。我搭乘的甚至都不是一艘星际飞船，它本来是设计作为应急船使用——一艘救生船。降落后，我毁掉了引擎和控制系统，将飞船外壳留在了一处旷野上。我在报纸上看到有个农夫将那些东西搬到了帐篷里，向每个参观者收取5毛钱门票，同时还贩卖软饮料。祝他一切顺利吧。"

"那样做不会有什么风险吗？"

"你担心我的存在会被FBI[1]或其他什么人发现吗？我觉得不会。最坏的结果也不过是在周日增刊中出现'疑似外太空入侵者'这样的胡乱报道。更何况对于周日报刊的读者来说，比起肯塔基旷野上发现的飞船外壳，还有更多吊人胃口的奇闻异事等着他们。而且我认为没有哪位大人物会把那东西当回事。"

布赖斯仔细打量着牛顿，"'疑似外太空入侵者'真的只是胡乱报道吗？"

牛顿解开衬衫领口的纽扣，"我是这么认为的。"

"那你们的人来这里做什么？观光旅游吗？"

牛顿哈哈大笑，"不完全是。我们也许能帮助你们。"

"怎么帮？"不知为何，他不太喜欢牛顿现在的说话方式，"怎么帮助我们？"

"如果我们动作够快，也许能避免你们自取灭亡。"布赖斯刚想开口，牛顿就接上了话茬，"先让我把话说完。终于能聊这个话题了，终于可以大谈特谈了，我想你无法体会我有多么快乐。"躺到床上以后，他就没再拿起过酒杯。他把双手叠放在胃部，温柔地注视着布赖斯，继续道："你看，我们也经历过战争，从数量上讲要比你们多得多，我们现在只能说是勉强幸存了下来。大部分放射性物质都被用来制造炸弹。我们曾经是非常强盛的种族，非常强盛，但那已经

---

[1] 全称美国联邦调查局（Federal Bureau of Investigation）：英文首字母缩写 FBI。

是很久之前的事了。现在的我们只能勉强维持生存。"他低头看着自己的手，似乎陷入了沉思，"说来也怪，地球上大部分关于外星生物的虚构文学总是假设每颗星球只有一个智慧种族、一种社会形态、一种语言、一个政府。在安西亚——我们的星球叫安西亚，当然，跟你们天文学书目中的名字不同——我们曾在同一时间拥有三大智慧种族、七大政府。然而现在只剩下一个智慧种族，也就是我这个种族。在经历了五场使用放射性武器的战争后，我们最终幸存了下来，剩下的族人已经不多。我们非常了解战争，我们拥有大量的技术知识。"牛顿的目光仍然停留在手上，他的声音毫无抑扬顿挫，好像在背诵事先备好的讲稿，"我来到地球已经五年，名下资产超过三亿。再过五年，这个数字将会翻一番。不过，这只是开始。如果计划顺利实施，最终这个星球上的各个大国都会成立相当于世界集团规模的公司。接下来，我们会进入政界，然后是军界。我们拥有武器和防御系统的知识，而你们还停留在初始阶段。举个例子，我们可以令雷达失效——这在我的飞船着陆时非常必要，在摆渡船返航时更重要。我们还可以构筑一整套能量系统，可以在五英里半径内防止任何核武器爆炸。"

"这就够了？"

"我不知道。我的上级不是蠢货，他们似乎认为这样做是可行的。只要我们将自身拥有的设备和知识牢牢掌控在自己手中，在一个地方建立相当于一个小国的经济体，在另一个地方实现关键粮食盈余，然后再找另外一个地方发展工业，或者把武器交给一个国家，再把能防御该武器的东西交给另外一个国家……"

"可是……该死,你们又不是神。"

"确实不是。但你们的神之前可曾拯救过你们?"

"我不知道。没有,当然没有。"布赖斯点燃一根烟,他试了三次才成功,他的手在抗拒,他握不稳香烟。他深吸一口气,极力平复自己的情绪。他感觉自己就像一名大二学生,在和别人讨论人类的宿命,但这一次,他们并不是在进行抽象的哲学思辨。"难道人类就没有权利选择自己的毁灭方式吗?"他问。

牛顿沉吟片刻,道:"你真的相信人类拥有这种权利吗?"

布赖斯将只抽了一半的烟放到身旁的烟灰缸捻灭,"我相信。不,我也不知道。难道就没有所谓'宿命'这种东西吗? 不断充实自己、过自己理想的生活,然后自行承担因此产生的一切后果,人类有这样的权利,不是吗?"说到这儿,布赖斯突然意识到,牛顿是联结地球和那颗星球(叫什么来着——对,安西亚)唯一的纽带。如果牛顿被消灭,那这个计划就永远无法实施,一切都会结束。而牛顿本身很虚弱,非常虚弱。他一时间陷入这个念头无法自拔。他,布赖斯,将会成为英雄中的英雄——一个只需要挥拳猛击就可能拯救世界的人。这本来应该是件挺好笑的事,但布赖斯却怎么也笑不出来。

"也许存在所谓'宿命'这种东西吧,"牛顿说,"不过我宁可把它类比作旅鸽的命运,又或是那些体形巨大但脑部很小的生物的命运——我想它们是被称作恐龙。"

这些话听起来似乎有些傲慢,"我们不一定会灭绝,全世界都在协商裁军，并非所有人都是疯子。"

"但大部分人是。而且有太多人身处要位，其中只要出现一两个疯子就够了。假设你们的希特勒拥有氢弹和洲际导弹会怎样？他肯定会不计一切后果使用这些武器，不是吗？毕竟到最后，他已经没什么可失去的了。"

"我怎么知道你们安西亚人不会成为希特勒？"

牛顿望向别处，"也许吧，但不太可能。"

"你是来自一个民主社会吗？"

"安西亚没有类似民主社会的组织形态，我们也没有民主的社会制度。不过我们无意统治你们，即使我们有这个能力。"

"那你们管这个叫什么？"布赖斯说，"你们可是打算让一群安西亚人操控地球上的每个人类和政府机构。"

"我们可以使用你刚刚说的'操控'这个词，或者说引导。但计划可能不会成功，甚至压根儿就无法实施。可能还没等我们行动，你们就先把自己的世界炸得四分五裂，也可能你们发现了我们的存在，然后像猎杀女巫似的对我们进行政治迫害——你知道的，我们很虚弱。换言之，即便我们取得了巨大的权力，我们也无法掌控每一次意外，但我们会降低希特勒式人物出现的可能，而且我们能保护你们的主要城市免遭破坏。这些，"他耸了耸肩，"都是你们无法做到的。"

"你们做这些难道就只是为了帮助我们？"布赖斯听出了自己声音中的讽刺意味，但愿牛顿没有注意到。

即使牛顿注意到了,他也没有表现出来。"当然不是。我们来这儿是为了自救。不过,"他微笑道,"我们可不想在定居下来之后,突然冒出一群'印第安人'把我们的居留地烧毁。"

"你说为了自救,你们遇到了什么危险吗?"

"种族灭绝。我们的水资源、能源、自然资源几近枯竭。我们只剩下微弱的太阳能——之所以微弱,是因为我们距离太阳太远了,不过我们还有大量食物储备,但总量在不断减少。现在存活的安西亚人数量只有不到300。"

"不到300?我的天啊,你们几乎把自己的种族消灭干净了!"

"的确如此。我想,如果我们不来,过不了多久,你们也会变成这样。"

"也许你们应该来,"他说,"也许你们应该。"布赖斯感觉喉咙一紧,"但是,如果在飞船完工前,你遇到了……意外怎么办?所有的一切不就完了吗?"

"是的。那样的话一切就结束了。"

"没有燃料可以供给其他飞船吗?"

"没有。"

"那么,"布赖斯感觉自己十分紧张,"我要阻止这场入侵,或者说操控,有什么理由不让我这么做呢?难道我不应该杀掉你吗?我知道,你非常虚弱。我猜你的骨骼应该像鸟儿一样,这是贝蒂·乔告诉我的。"

牛顿脸上的表情完全没有变化,他泰然自若,"你想阻止这一切吗？你说得没错，你可以像杀鸡一样拧断我的脖子。你想这样做吗？现在，你知道我的名字是侏儒怪了，你想不想把我赶出宫殿？"

"我不知道。"他的眼睛看着地板。

牛顿的声音很温柔，"侏儒怪真的把稻草织成了黄金。"

布赖斯抬起头，他突然生起气来，"是啊，但他还想把公主的孩子偷走呢。"

"的确如此，"牛顿说，"但如果不是他将稻草织成黄金，公主早就死了。那样一来她根本就不会有孩子。"

"好吧，"布赖斯说，"我不会为了拯救世界就把你的脖子拧断。"

"你知道吗？"牛顿说，"其实现在我特别希望你能杀了我。如此一来，所有的事对我来说都会变得简单许多。"他停顿片刻，"但是，你做不到。"

"为什么我做不到？"

"在前往你们的世界之前，我早就提前做好了被发现的准备。当然，我没想过会跟任何人讲我刚才告诉你的话。不过，有许多事都出乎我的意料。"他又低头看了看自己的手，似乎是在检查指甲，"所以不管在什么情况下，我都会随身携带武器，我一直都带着它。"

"安西亚星球的武器？"

"对，非常有效。你根本不可能走到我的床前。"

布赖斯倒吸一口气，"什么工作原理？"

牛顿露齿一笑。"你觉得梅西百货会把自己的秘密告诉对手金贝尔百货吗？"他说，"我也许不得不把它用在你的身上。"

牛顿刚刚讲话的方式（不是言语本身的讽刺意味，也不是他那故作阴险的口气，而是说话方式本身就有那么一点点奇怪）让布赖斯意识到自己毕竟是在和一个非人类对话。牛顿头脑中对于人性的构想仅仅停留在表面，他自以为能熟练地装扮成人，但殊不知自己只是披了薄薄的一层皮囊而已。无论这副皮囊之下的牛顿真实模样如何，他作为安西亚人的内核都会令人类感觉无法接近，不管是布赖斯，还是地球上的其他人。牛顿实际上是如何感受世界，又是如何思考的，布赖斯可能永远也无法理解，这是他难以企及的领域。

"不管你拿了什么武器，"布赖斯现在说话变得更加小心，"我都希望你不会有使用它的时候。"然后，他再一次环顾四周，望了望宽敞的酒店房间，瞧了瞧托盘上几乎没动过的酒，视线最后又回到牛顿身上，那家伙依旧斜靠在床上。"我的天啊，"他说，"真是难以置信。我正坐在房间里，跟一个外星人对话，谁会相信呢。"

"确实，"牛顿说，"我自己也想过这个问题。你瞧，我不也正在跟外星人说话么。"

布赖斯站起来伸了个懒腰。他走到窗边，拉开帷幔，低头望着街道。映入眼帘的是无处不在的汽车前灯，道路拥堵，它们几乎一动不动。酒店正对面是一块发光的巨型广告牌，画面上的圣诞老人正在喝可口可乐。灯带闪烁，让圣诞老人看起来像是在不停眨眼，而那瓶软饮料也在发光。布赖斯隐约听到哪里传来《真挚来临》❶的

---

❶ 《真挚来临》（Adeste Fideles）：一首圣诞颂歌。

钟声。

他转过身,面对牛顿,对方依旧没有挪动地方。"为什么要告诉我这些?你根本没必要这样做。"

"我想告诉你。"他微微一笑,"过去一年,我已经不能完全确定自己的动机是什么了,至于为什么想告诉你,我也不知道。安西亚人并非无所不知。不管怎样,你已经知道我的事了。"

"你指的是卡努蒂刚才说的那些?那只是我的胡乱猜测罢了,原本就是无关紧要的事。"

"我倒并不在意卡努蒂教授说了什么,但我发现你的反应很有意思,尤其是当他提到'火星'时,我还以为你要中风了。总之,受到他言语逼迫的人是你,而不是我。"

"为什么不是你?"

"说到这个,布赖斯博士,你和我之间还是存在许多不同之处,当然,你也很难察觉。其中一个区别就是,我的视觉要比你的更加敏锐,接收频率的有效范围也更大。这就意味着,虽然我看不到你们所谓的'红色',但我能看见 X 射线。"

布赖斯想要开口讲话,却一个字都说不出来。

"我一看到闪光,"牛顿说,"就不难推测出你在做什么。"他一脸好奇地望着布赖斯,"相片拍得怎么样?"

布赖斯觉得自己愚蠢至极,就像落入陷阱的小学生,"相片……非同凡响。"

牛顿点了点头,"我能想象得到。要是你看见我的内脏器官,你更会大吃一惊。我去过一次纽约的自然历史博物馆，那里特别有意思……对游客来说。在那儿，我突然意识到自己是整座建筑里唯一真正独特的生物标本。我都能想象到自己被浸泡在一个大罐子里的画面，罐子外面贴着标签，上面写着：外星类人动物。所以我很快就离开了博物馆。"

布赖斯没有忍住，笑出了声。现在，牛顿可以说是完成了自己的告解，整个人似乎也比之前更加豁达，这反而令他更像"人"了，真是自相矛盾呀，因为他可是清清楚楚地表明自己并非"人"这种生物。他脸上的表情变得更加丰富，举止也更加放松，布赖斯之前从未见过这样的牛顿。不过，还是能隐约感到他的身体里存在着另一个牛顿，一个彻头彻尾是安西亚人的牛顿，一个无法接近的外星生物。"你打算返回自己的星球吗？"布赖斯问，"乘坐那艘飞船？"

"不。没有那个必要。飞船会接收来自安西亚的指挥信号。恐怕我要被永远放逐在这里了。"

"你就不想念自己的……同胞吗？"

"我想念他们。"

布赖斯重新回到椅子边坐下，"不过，用不了多久，你就能跟他们再会了，不是吗？"

牛顿犹豫了，"可能吧。"

"为什么是可能？难道会出什么问题吗？"

"我没想过这个问题。"牛顿继续道，"之前也跟你说过，我并不能完全确定自己应该干什么。"

布赖斯满脸疑惑地望着他,"我不明白你在说什么。"

"好吧,"牛顿淡淡一笑,"有一段时间,我在考虑要不要将计划搁置,不把飞船发射到任何地方——甚至压根儿就不把它造完。做这些只需要一个简单的命令。"

"我的天,这又是为什么?"

"哦,这是一群聪明人想出来的计划,也是破釜沉舟的一招。毕竟除此之外,我们还能怎么办?"牛顿望着布赖斯,又似乎没在看他,"然而,我却对计划最终的意义产生了疑问。关于你们的文化和你们的社会,身在安西亚的我们并不了解。布赖斯博士,你知道吗,"他在床上换了个姿势,凑到布赖斯近前,"有时候,我觉得自己再过几年就会疯掉。我不确定自己的族人能否适应你们的世界。毕竟,我们在象牙塔里生存了很长时间。"

"但你们完全可以做到与世隔绝呀。你们有的是钱,可以和自己的族人生活在一起,建立属于你们自己的社会。"他在干什么?在支持安西亚人……入侵吗?他刚才还被吓坏了,"你们可以在肯塔基建立自己的城市。"

"然后等着炸弹落到我们头上?那我们还不如在安西亚待着,至少还能再撑个五十年。即使我们要定居于此,也不会活成一群与世隔绝的怪物。我们会分散到全世界的各个角落,把自己放到具备影响力的位置上。要是贸然前来,未免太过愚蠢。"

"无论你们做什么,要面临的风险都非常大。如果你们害怕与我们亲密接触,难道就不能相信我们有能力解决自己的问题吗?"布赖斯苦笑道，"当我们的客人就好。"

"布赖斯博士，"牛顿说，此时他的脸上已经没有了笑容，"我们要比你们聪明得多。相信我，我们比你想象的要聪明得多。我们可以肯定，如果继续放任你们，用不了三十年时间，这个世界就会变成一堆原子废墟，这一点毋庸置疑。"他一脸严肃地继续道，"实话跟你说吧，这个世界是如此地美丽和富饶，但一想到你们即将要做的事，我们就会变得忧心忡忡。很久以前，我们摧毁了自己的家园，但我们一开始拥有的资源要比你们少得多。"他现在的声音听起来似乎有些激动，言辞也更加激烈，"你们有没有意识到，你们不仅会毁掉自己的文明、杀死绝大多数同胞，还会毒死河里的鱼、树上的松鼠、成群的飞鸟，污染土壤与水流。在我们眼中，你们有时看上去就像在博物馆里游荡的猿猴，拿着刀在画布上乱划，用锤子将雕塑敲碎。"

布赖斯一时间陷入沉默。过了一会儿，他开口道："但画出那些作品、制造那些雕塑的也是人类。"

"少数人类，"牛顿说，"只有一小部分人。"突然，他站起身，继续道，"我想我已经受够了芝加哥。你想回家吗？"

"现在？"布赖斯看了一眼手表。我的天啊，已经凌晨两点半了。圣诞节结束了。

"你觉得自己今晚还能睡着吗？"牛顿问。

布赖斯耸了耸肩，"我想应该是睡不着了。"他想起贝蒂·乔曾经说过的话，"你根本就不需要睡觉，是不是？"

"我偶尔也会睡觉,"牛顿说,"但不是经常。"他坐到电话旁,"我得让人把飞行员叫醒,还需要叫辆车把我们送去机场……"

他们费了些工夫才叫到车,抵达机场时已经是凌晨四点钟。布赖斯此时感觉头有点晕,并且伴随微弱的耳鸣。牛顿没有显出疲态,他还是像往常一样面无表情,完全不知道脑子里在想什么。

申请起飞许可的过程中出现了一些小插曲,飞机数次延误,等他们终于离开、飞到密歇根湖上空时,天空已经变成了粉红色,柔和的日光洒向大地,黎明降临了。

回到肯塔基,天光大亮,晴朗的冬日开启。飞机准备着陆,首先映入眼帘的便是那艘飞船璀璨夺目的外壳,这便是牛顿口中的摆渡船,在清晨的阳光下,飞船看起来就像是一座闪光的纪念碑。来到机场上空,眼前的景象让两人吃了一惊。在跑道的另一头,靠近牛顿机库的一侧,停着一架白色飞机,流线型的机身,外观漂亮、气质高贵,体积是牛顿所搭乘飞机的两倍。机翼上印着美国空军的标志。"哎呀,"牛顿说,"不知是谁大驾光临。"

他们需要绕过白色飞机才能坐上单轨车,走到近前,布赖斯不禁被它的美丽所折服——部件比例匀称、机身曲线优美。"要是所有东西都能做得这么美就好了。"他说。

牛顿也在打量飞机。"但你们并没有做到。"他说。

两个人坐上单轨车,谁也没有说话。因为缺觉,布赖斯四肢酸痛,不过他的脑子里塞满了各种各样清晰但短暂的影像、杂七杂八的想法,还有一些没有完全成形的念头。

他应该回自己的家才对,但牛顿邀请他去宅邸吃早餐,他答应了。总比自己准备吃的要简单。

贝蒂·乔已经起床了,她穿了一件橙色和服,头上裹着丝质的婆婆头巾❶。她满面愁容,双眼红肿。开门后,她说:"牛顿先生,来了几个人。我不知道……"她的声音越来越小。二人绕过贝蒂,走进客厅。椅子上坐着五个男人,牛顿和布赖斯刚一进屋,他们就立刻站起身。

布林纳德站在人群正中间。另外四人有三个穿着西装,一个穿着蓝色制服,很明显是空军飞机的驾驶员。布林纳德一一做了介绍,他办事效率非常高,但态度暧昧、立场未知。等介绍结束,牛顿依旧站在原地,他问:"你们等了很长时间?"

"没有,"布林纳德说,"实际上,是我们的人把你们滞留在了芝加哥机场,为了能及时赶到这儿。时间刚刚好。虽然在芝加哥耽搁了一段时间,希望没有给您带来太大的不便。"

牛顿没有表现出任何情绪,"你是怎么做到的?"

"关于这一点,牛顿先生,"布林纳德说,"我隶属于联邦调查局,这些人是我的同事。"

牛顿的声音稍稍有些迟疑,"那还真是有趣。我想,那就是说,你是一个……一个密探?"

"我想是的。不管怎样,牛顿先生,我得到的命令是逮捕您,请

---

❶ 婆婆头巾(babushka):俄罗斯传统女士头巾。

跟我走一趟。"

牛顿缓缓地深吸一口气,这个举动非常像人类,"逮捕我的理由呢?"

布林纳德礼貌地一笑,"您被指控非法入境。我们有理由相信您是外星人,牛顿先生。"

牛顿一言未发,杵在原地站立良久。然后,他说:"能让我先把早餐吃完吗?"

布林纳德犹豫了一下,接着笑了起来,他的笑容出奇亲切。"我想可以,牛顿先生。"他说,"我觉得我们也需要吃点东西。为了完成此次逮捕任务,这些人凌晨四点就起床了,他们是从路易斯维尔赶过来的。"

贝蒂·乔给众人准备了炒鸡蛋和咖啡。吃饭时,牛顿很随意地询问自己可不可以打电话叫律师来。

"恐怕不行。"布林纳德回答。

"难道这不是宪法赋予的权利吗?"

"是。"布林纳德放下咖啡杯,"但你并不享有宪法赋予的任何权利。正如我所说,我们有理由相信,您并非美国公民。"

第 六 章

牛顿放下书,再过几分钟,医生就该来了,反正他也不想再继续看了。在被监禁的两周时间里,除了读书,他几乎什么事都没做。不过,这也是在他没有接受审问或检查的时候,会有医生或身穿传统西装的人来做这些事,医生之中有内科医师、人类学家和精神病专家,而那些衣着守旧的家伙肯定是政府官员,当然,就算牛顿开口问,他们也不会说自己是谁。他把斯宾诺莎❶、黑格尔❷、斯宾格勒❸、济慈和《圣经·新约》又重新读了一遍,现在正在看语言学方面的新书。无论牛顿想要什么,他们都会拿给他,反应相当迅速,而且彬彬有礼。他

---

❶ 斯宾诺莎(Baruch de Spinoza,1632—1677):荷兰哲学家、犹太人,近代西方哲学界公认的三大理性主义哲学家之一(另外两位是笛卡尔和莱布尼茨)。

❷ 黑格尔(Georg Wilhelm Friedrich Hegel,1770—1831):德国哲学家、德国十九世纪唯心论哲学代表人物之一,建立了世界哲学史上最为庞大的客观唯心体系,极大地丰富了辩证法。

❸ 斯宾格勒(Oswald Arnold Gottfried Spengler,1880—1936):德国哲学家、历史形态学的开创者。

还有一台唱机（不过很少使用）、成套的电影收藏、一台电视机（世界集团出品），以及一个吧台，但没有窗户，看不到窗外的华盛顿。他们跟牛顿说，这里就在华盛顿城区附近，但没有告诉他具体位置。到了晚上，他会打开电视，有时是为了排解思乡之情，有时则是为了满足一下自己的好奇心。新闻节目偶尔也会提到他的名字——毕竟像他这样的有钱人遭到政府逮捕，势必会引起公众关注。不过关于他的报道总是闪烁其词，官方渠道发布的消息均是匿名，通篇使用的都是"一团疑云"之类的词句。报道称他是"未经登记的外来人"，但没有任何官方消息明确他到底来自何方——或者他们认为他可能来自哪里。一位以冷面幽默著称的电视评论员辛辣地指出："不管华盛顿方面会怎么说，我们都只能先做出这样的假设，目前遭到政府监视与羁押的牛顿先生，要么是来自外蒙古，要么就是来自外太空。"

牛顿知道，这些新闻报道都会被自己的安西亚上级监听，他们肯定也在探听自己的位置，想弄清楚到底发生了什么，一想到那些人惊慌失措的模样，牛顿就觉得有那么一点好笑。

不过，他自己也不知道究竟发生了什么。显然，政府已经对他的身份产生了高度怀疑——他们肯定会怀疑，布林纳德作为牛顿的秘书，已经在他手下工作了一年半，其间一定向他们传递了不少信息。作为整个项目得力助手的布林纳德肯定也在公司各个角落安插了不少间谍，因此，政府方面应该掌握了大量关于牛顿日常活动和项目本身的情报。不过他对布林纳德隐瞒了一些事，这些事他们不可能知道。尽管如此，还是无法推测他们想要对自己做什么。"其实，我来自外太空，我要征服全世界。"——有时他也在想，如果自己对那些审讯者说出这句话会怎样，也许会看到他们有趣的反应，但无论如何，他们是不会相信自己的。

有时他也在想：世界集团怎么样了？现如今，自己和那边的联系已经完全被切断。法恩斯沃思还在运营公司吗？牛顿既没有收到邮件，也没有接到电话。客厅里倒是安了一部电话，但铃声从未响起，那些人也不允许自己打给外面。电话是淡蓝色的，放在了一张红木桌上。他试过几次，每次拿起电话，就会听到里面有个声音在说："对不起，您的通话受限。"显然是提前录好的。人工合成的女性声音，说起话来相当客气。但是，它永远不会告诉你电话受限的范围。有时候，当牛顿感到孤单或带着一丝醉意时（他不像之前喝得那样多了，因为现在的他已经卸下了身上的一部分压力），他会拿起听筒，再听一听那句"对不起，您的通话受限"。声音非常圆润、悦耳，让人感觉特别有礼貌；不过，还是能隐约觉察出，发出声音的不过是某个电子元件罢了。

十一点整，卫兵准时放医生进入房间，那家伙还是和往常一样守时。他提着自己的包裹，旁边的护士故意摆着一张冷脸——这张脸好像在说："我才不在乎你的死活，我只想快点干完自己的工作。"护士金发碧眼，以人类的标准看来，她很漂亮。医生名叫马丁内斯，他是一位生理学家。

"早上好，医生，"牛顿说，"有什么能为您效劳的？"

医生故作轻松地微微一笑，"又要进行检查啦，牛顿先生。一次小检查。"他说话时带着些许西班牙口音。牛顿很喜欢他，比起其他需要打交道的人，他表现得没那么拘谨。

"都这时候了，我还以为你们早就对我了如指掌，"牛顿说，"你们拍了我的X光片，采集了我的血液和淋巴液样本，记录了我的脑电波，测量了我的身体数据，还从我的骨头、肝脏和肾脏中直接取样。我想我很难再给你们带来惊喜了。"

医生摇了摇头，对着牛顿敷衍一笑，"天知道我们是怎么找到你的……真是太有意思了。你的整套器官组织，真是令人难以置信。"

"我可是个怪物，医生。"

医生又笑了，这一次笑得很勉强，"要是你得了阑尾炎之类的疾病，我们还真不知道该怎么办了。我们都不知道应该诊断哪里。"

牛顿冲医生笑了笑。"不用那么麻烦。我没有阑尾。"他背靠在椅子上，"不过我猜你还是会做手术的。能剖开我的身体，看看里面还能找到哪些新奇玩意儿，你应该会很高兴。"

"哎呀，这我哪知道。"医生道，"不过实话实说，在数完你的脚趾后，我们发现的第一件事就是你没有阑尾。事实上，许多器官组织你都没有。我们使用的仪器设备可是相当先进，这你也知道。"他突然转身对护士说，"格里格斯小姐，我们要为牛顿先生注射南布卡因❶，能请你做一下准备工作吗？"

牛顿皱了皱眉头。"医生，"他说，"我早就跟你说过了，麻醉剂

---

❶ 南布卡因（Nembucaine）：作者虚构的某种麻醉剂。

对我的神经系统没有作用，只会让我头痛。要是接下来你对我做的事本身就很痛，那就没必要再痛上加痛。"

护士完全没有理睬牛顿，她在准备皮下注射器。马丁内斯的脸上挂着微笑，一副屈尊俯就的模样，很明显是为那些笨拙地想要理解医学仪式的病人准备的。"也许你还不知道，如果不使用麻醉剂，做这些事是非常疼的。"

牛顿有些恼火，过去几周，那种作为智慧人类被一群好奇又自大的猴子包围的感觉变得越来越强烈。当然，这一次被关在笼子里的是他，而那些猴子却在来来回回打量着自己，还试图装作一副聪明的模样。"医生，"他说，"难道你没有看过我的智力测试结果吗？"

医生打开放在桌上的公文包，拿出几张表格，每张纸上都清清楚楚印着"最高机密"几个字。"智力测试不是我的职权范围，牛顿先生。而且你可能也清楚，所有的信息都是高度机密。"

"我清楚。但你也知道。"

医生清了清嗓子，他开始填写其中一张表格：日期、检查项目。"好吧，倒是听到了一些传言。"

牛顿现在已经生气了，"我猜也是。而且我想你们已经知道了我的智力水平是你们的两倍。局部麻醉对我是否有效，难道我不知道吗？你就不能相信我吗？"

"我们已经全面彻底检查了你的神经系统结构。似乎没有理由认为南布卡因对你无效，毕竟对其他人……都是有用的。"

"也许你对神经系统的了解并不像你以为的那样多。"

"也许吧。"医生已经填好了表格，并把铅笔压在纸上。其实根本不需要这样做，因为房间里没有窗户，也不会起风。"也许是这样。但还是那句话，这不是我的职权范围。"

牛顿看了一眼护士，她已经做好了注射准备。她装作没有听到两人刚才的谈话内容。牛顿短暂地陷入思考，他不知道那帮家伙究竟采取了什么手段，竟能让这些人绝口不提牛顿这名奇怪犯人的事，而且还让他们远离记者，以及一起打桥牌的朋友。也许政府把研究过自己的人全部隔离了，但这样做的难度很大，许多事也不好处理。不管怎么说，为了牛顿，他们还真是煞费苦心。只有极少数人知道他的特别之处，他的存在一定引起了这些人的疯狂猜测，一想到这儿，他就觉得特别好笑。

"医生，那你的职权范围是什么？"他问。

医生耸了耸肩，"主要就是骨骼和肌肉方面的检查。"

"听起来还不错。"医生接过护士手中的注射器，牛顿最终还是屈服了，他开始挽衬衫袖子。

"还是把衬衫脱掉吧。"医生说，"这次我们要在背部动手术。"

牛顿没有提出抗议，他开始解衬衫纽扣。脱到一半时，他听到护士轻轻地吸了一口气。他抬起头，打量了对方一眼。显然，他们没有向她透露太多信息，护士小心翼翼地瞥开视线，尽量不去盯着牛顿光秃秃的胸部，上面没有毛发，也没有乳头。当然，这是因为他们早就发现了牛顿的伪装，于是他便不再穿戴那些东西了。要是护士走到牛顿近前，看到他瞳孔的模样，不晓得她又会是什么反应。

脱掉衬衣后，护士对准他脊柱两侧的肌肉进行注射。她尽量让自己动作轻一些，但对牛顿来说，那份痛楚相当强烈。等麻醉部分结束，他问："好了，接下来你打算做什么？"

医生在表格上记录下注射时间，然后说："首先，我要等上二十分钟，让南布卡因……生效。接着，我将抽取你脊椎中的骨髓样本。"

牛顿默默地打量着医生，过了一会儿，他说："难道你们不知道吗？我的骨头里压根儿就没有骨髓。里面是空的。"

医生眨了眨眼。"得了吧，"他说，"肯定有骨髓。还有血液中的红细胞——"

牛顿并不习惯中途打断别人，但这一次，他打断了医生的话，"我不知道红细胞，也不知道骨髓。我掌握的生理学知识可能跟你一样多。我的骨头里就是没有骨髓。而且我并不喜欢你在我身上搞的这些检查，它们令我痛苦万分，你做这些，无非就是为了满足你自己，还有你的上级——不管他们是谁——对于我的猎奇心理。我跟你说过无数次了，我就是个变种人——畸形儿。你就不能相信我说的话吗？"

"我很抱歉。"医生说，他看起来倒是真的充满歉意。

牛顿盯着医生脑袋上方看了一会儿，那里挂着梵高的《阿尔勒的妇女》，是一幅品质拙劣的复制品。美国政府和阿尔勒妇女有什么关系？"希望有一天我能见到你的上司，"他说，"在等待你那个无效的南布卡因起效的这段时间，我想试一试自己的麻醉剂。"

医生面无表情。

"金酒，"牛顿道，"金酒加水。你想跟我喝一杯吗？"

医生不由自主地笑了起来。闻听病人的妙语连珠，每个良医都应该回以微笑——即使是忠诚可靠的生理学研究人员也应该微笑。"很抱歉，"他说，"我还在工作中。"

牛顿此时的恼怒情绪令自己都吃了一惊，他还觉得自己挺喜欢马丁内斯医生呢。"得了吧，医生。我敢说，你在经营自己的……职权过程中，一定要价不菲。你的办公室里还有装饰着桃花心木的吧台呢。不过我可以向你保证，不会让你喝太多的，毕竟不能让你的手在检查我的脊椎时发抖呀。"

"我没有办公室，"医生说，"我在实验室工作。而且我们一般不会在工作时间饮酒。"

不知何故，牛顿瞪着医生。"是么，我倒不这么认为。"他打量着护士，现在的她明显慌了手脚，就在她准备开口说些什么时，牛顿继续道，"不，我不这么认为。什么屁规定。"他站起身，低下头朝二人微笑，"我自己喝。"还好他比另外两个人要高。他径直走到角落的吧台，拿起平底玻璃杯，给自己倒了满满一杯金酒。他决定不加水了，因为就在他说话间，护士已经拿起床单铺在桌上，并在床单上放好了一整套手术器械：几个针头、一把小刀，还有钳夹之类的工具，全都是不锈钢材质。这些东西闪烁着耀眼的光芒……

・・・

医生和护士走后,牛顿脸朝下在床上趴了一个多小时。他没有穿衬衫,除了身上的绷带,他的背光秃秃的。他感觉有一点冷(对他来说,这是一种不同寻常的感觉),应该拿点什么盖在身上,但是他却没有动弹。剧烈的疼痛持续了好几分钟,虽然现在已经结束了,但这份疼痛,以及远在疼痛之上的恐惧搞得他筋疲力尽。从小时候起,只要预感到接下来会很痛,他就会陷入恐惧当中。

一个念头突然钻进牛顿脑中,这些家伙也许很清楚他们带给他的痛楚,他们可能就是在折磨他,用这种拙劣的方式给他洗脑,企图让他精神崩溃。这个想法非常恐怖,因为如果事实真的如此,那他们的行动才刚刚开始。不过应该不太可能,尽管他们能用持续不断的长久冷战作为借口,尽管在这个时代,如此暴虐的行径依然可以堂而皇之地出现在一个民主国家(对他们来说,想要真正摆脱暴政难如登天),但今年是选举年,已经有人在竞选演说时含沙射影地抨击执政党所采用的高压政策,其中一次演说还提到了牛顿的名字,"粉饰"一词被使用了许多次。

为什么要在他身上进行这些充满痛苦的检查?唯一符合逻辑的解释就是为了满足那些官僚的好奇心。他们的理由也许是想最终证明牛顿不是人类,证明他的确是他们所怀疑的那样——对,只是怀疑,他们不会亲口承认,因为整件事实在太过荒谬。如果他们的想法是这样的(很可能是),那他们从一开始就犯了一个非常明显的错误:即使他们从牛顿身上发现了一些不属于人类的特征,比起他是外星人这样的推论,说牛顿偏离了正常人体的生理结构,称呼他为变种人、突变体，或者畸形儿反倒更加合理。然而，那些家伙似乎并没有意识到他们正在面临的难题。总之，他们希望发现什么样的细节呢？牛顿的身上还有什么是他们不知道的呢？他们又能证明什么呢？就算最后证实了他们的猜测，他们接下来又能做什么呢？

但他并不在乎这些东西——不在乎他们会在自己身上发现什么情报，甚至不在乎二十年前在太阳系另外一颗星球上构思出来的古老计划最终会变成什么样子。他已经没有太多想法，反正一切都结束了，他只觉得如释重负。他最关心的是，他们什么时候才能结束这些该死的实验、检查和审讯，什么时候才能让他一个人清净清净。至于被囚禁这件事，对他来说倒不是什么问题——比起自由，现在的日子在许多方面反而更贴近他本来的生活方式，也更令他满足。

第 七 章

FBI 的人还算礼貌，态度也足够温和，不过在经历了两天毫无意义的盘问之后，布赖斯陷入了深度疲倦，疲倦到即使能察觉出那帮家伙藏在礼貌背后的轻蔑，也没力气跟他们生气。要是他们没有在第三天释放自己，他很可能会崩溃。不过，那些人表面上并没有对他施加任何压力，事实上，他们压根儿就没把布赖斯当回事儿。

第三天早晨，和往常一样，工作人员在 YMCA❶ 接上布赖斯，驱车驶过四个街区，又把他送到位于辛辛那提❷ 市中心的联邦大厦。这个 YMCA 也是促使布赖斯疲惫的因素之一。但凡他能发挥一下想象力，就会明白 FBI 那帮人是故意把他留在 YMCA 的，那里的公共房间充斥着一种破败的快感，橡木家具肮脏不堪，无数未经阅读的基督教宣传册堆在一旁，这样的环境让他觉得压抑。

---

❶ 全称基督教男青年会（Young Men's Christian Association）：英文首字母缩写 YMCA，是全球性的基督教男青年社会服务团体。

❷ 辛辛那提（Cincinnati）：美国城市，位于中部俄亥俄州西南端。

这一次，工作人员把他带到了联邦大厦的另一个新房间，这里好像一间牙科诊室，技术人员给他做了皮下注射，测量了他的心率和血压，甚至还拍摄了颅骨的 X 光片。有人解释说这是"常规的身份鉴定程序"。布赖斯不晓得自己的心率和鉴定他的身份之间有什么关联，但他知道最好还是不要问。鉴定程序结束得很突然，带布赖斯来这里的男人告诉他：就 FBI 目前掌握的情况来看，他可以走了。布赖斯看了一眼手表，现在是上午十点三十分。

他走出房间，沿着过道一路向正门入口行进，就在这时，他遇到了今天的第二个惊喜。一个看守模样的女人带着贝蒂·乔走向他刚刚离开的地方。贝蒂冲布赖斯笑了笑，什么都没有说。两个人擦身而过，看守一路推搡着她走进房间。

布赖斯惊讶于自己刚才的反应。虽然身体依旧疲惫不堪，但一看到贝蒂，他的胃竟兴奋得抽动起来，喜悦之情迸发而出——特别是在这种情况下，在联邦调查局内部，在这条不合常理、氛围凝重、装饰朴素的过道里，竟能看见她那率真的脸庞和丰盈的体态。

他坐在大厦外面的台阶上，沐浴着腊月冰冷的阳光，等待贝蒂出现。快到中午时她才现身，贝蒂来到布赖斯身边坐下，她的身子很沉，动作有些害羞。与寒冷的空气相比，她身上的香水似乎带来了一丝温暖——强烈而香甜的味道。旁边，一个朝气蓬勃的年轻人拽着手提箱，大踏步地迈上台阶，假装没有看到坐在台阶上的两个人。布赖斯转回头看着贝蒂·乔，惊讶地发现她的眼睛又红又肿，好像刚刚哭过。他不安地打量着对方，"他们把你关在哪儿了？"

"YWCA[1]，"她打了个寒战，"我不太喜欢那里。"

那帮家伙把她关在那儿倒也合理，不过布赖斯从没考虑过这件事。"我被送到了另一个地方，"他说，"YMCA。他们对你怎么样？我指的是 FBI。"YMCA、FBI，说话时一直在用这些首字母缩写，听起来真是有点蠢。

"我猜应该还好吧。"她摇了摇头，接着抿了抿嘴唇。布赖斯喜欢这个小动作，她的唇很饱满，虽然没有涂口红，但两片嘴唇现在被冷空气冻得发红。"不过他们倒是问了一大堆问题。关于汤米的。"

不知怎的，提到牛顿，布赖斯感觉有些尴尬。此时此刻，他不想谈论那个安西亚人。

贝蒂似乎察觉到了对方的尴尬——或者说，她也有同感。她停顿片刻，继续道："你想去吃午餐吗？"

"好主意。"布赖斯站起身，裹紧大衣。然后，他躬下身，两只手搀扶着贝蒂，帮她站了起来。

运气不错，他们找到了一家氛围安静、菜肴可口的餐馆，两个人大快朵颐、饱餐一顿。这里提供的食物都是纯天然，没有人工合成，餐后甚至还能喝到真正的咖啡，虽然一杯就要35美分，但他们两个都很有钱。

用餐时他们很少交流，谁也没再提牛顿。布赖斯问贝蒂接下来

---

[1] 全称基督教女青年会（Young Women's Christian Association）；英文首字母缩写 YWCA。

有什么打算，结果发现她没有任何想法。吃罢午餐，布赖斯说："好了，接下来我们要做什么呢？"

贝蒂现在看上去好多了，情绪比之前要平静不少，整个人也变得更加开朗。"要不去趟动物园吧？"她说。

"有何不可？"听上去似乎是个好主意，"我们打车去。"

也许正值圣诞假期，动物园里几乎没什么人，这对布赖斯来说再好不过了。动物们都待在室内，两个人在一座座建筑物之间漫步，彼此愉快地交谈。布赖斯喜欢那些张狂的大型猫科动物，特别是黑豹，贝蒂则喜欢颜色鲜艳的鸟儿。看到她和自己一样也不怎么喜欢猴子，布赖斯很欣慰，也很高兴——他认为猴子就是一种猥琐的小动物，要是贝蒂也像许多女人一样觉得猴子是既可爱又有趣的生物，那他一定会感到失望。他从来没觉得猴子有什么有趣的。

还有一件高兴事，就是布赖斯竟然在水族馆入口前的货摊上买到了啤酒，真是想都不敢想。两个人带着啤酒进入馆内（虽然指示牌上明确写着严禁携带酒水入内），来到一处灯光昏暗的大型水缸前坐下，里面有一条巨大无比的鲇鱼。鲇鱼是一种外观漂亮、体形结实，脾气看上去又很温和的生物，留着八字胡，外面裹着厚厚的灰色皮肤。鲇鱼一脸寂寞地望着正在喝啤酒的两个人。

他们静静地坐在那儿看着鲇鱼，过了一会儿，贝蒂·乔说："你觉得他们会怎么对付汤米？"

布赖斯意识到自己其实也一直在等她说起这个话题。"我不知道，"他说，"我想他们应该不会伤害他。"

贝蒂·乔喝了一小口酒，"他们说他不是……不是美国人。"

"没错。"

"那他到底是不是？布赖斯博士，你知道吗？"

布赖斯刚要跟她说叫我内森就好，但与此同时，他又觉得现在不是做这种事的时候。"我想，他们说的应该是真的吧。"即便那帮家伙发现了真相，又能把牛顿驱逐到哪里去呢？他不知道。

"你认为他们会把他关很长时间吗？"

他想起牛顿骨骼的 X 光片，还有 FBI 在那间小小的牙科诊室对自己做的全面检查，突然之间，他明白了他们为什么要检查自己的身体，他们需要确认布赖斯不是安西亚人。"是，"他说，"我想他们可能会把他关上很长一段时间，只要他们有这个能力。"

贝蒂没有回答，布赖斯望着她，她双手捧着纸杯，放在自己的大腿上，两只眼睛盯着杯里面，就好像在看一口井。从鲇鱼鱼缸里射出的单调漫射光没有在她脸上留下任何阴影，简单的五官线条、长椅上泰然自若的坐姿——她看起来就像是一尊精致坚固的雕塑。布赖斯默默望着她，看了很长时间。

过了一会儿，贝蒂转回头看着布赖斯，之前她哭泣的原因在这一刻不言自明。"我想在接下来的日子里，你一定会很想他。"布赖斯说，他将自己的啤酒喝光。

贝蒂的表情没有丝毫变化，她说话的声音很轻。"我肯定会想他，"她说，"我们去参观剩下的鱼吧。"

两个人又看了看其他种类的鱼，但没有一种能像那条老鲇鱼一样博得布赖斯的欢心。

到了打车回城的时候,布赖斯才意识到自己没有地方可以告诉司机,也没有特别的地方可去。他看着身旁沐浴在阳光下的贝蒂·乔,"你打算住哪儿?"他问。

"不知道,"她说,"辛辛那提这里没有我的熟人。"

"你可以回家人身边,是在……哪儿来着?"

"欧文。离这儿不远。"她若有所思地望着布赖斯,"但我不太想去。我和家里人一向处不来。"

布赖斯几乎没有思考自己话中的含意,他脱口而出:"你想不想跟我一起住? 也许先找个酒店? 至于后面的事,要是你愿意,我们可以找一间公寓。"

贝蒂一时间愣在原地,布赖斯担心自己是否冒犯到了她。然而接下来,她走上前说:"我的天啊,当然可以。布赖斯博士,我觉得我们应该住在一起。"

第 八 章

被监禁的第二个月，他又开始没来由地酗酒。不是因为孤独（他已经向布赖斯坦白了一切），也不是因为渴望谁的陪伴。多年来承受的巨大压力一扫而空，整件事如今已经变得非常简单，自己肩负的责任也几乎不复存在。现在只剩下一个大问题（也许能作为他酗酒的借口），那就是整个计划是否还要继续进行下去？政府会放任他不管吗？不过，他倒没有经常为此烦恼（无论是喝醉还是清醒时），因为在这件事上，他能做进一步选择的可能性微乎其微。

他依然在阅读大量书籍，而且现在对先锋文学产生了新兴趣，特别是那些印在小杂志上的诗词，它们晦涩难懂，在格式上还有非常严格的要求——什么六节诗❶、十九行二韵

---

❶ 六节诗（sestina）：一种格式较为复杂的抒情诗体，通常由六节六行诗和一节三行尾诗组成。每个诗节内的各诗句无须押尾韵，但第一诗节的六个尾词必须在后面的每一诗节按特定格式重复。以 ABCDEF 分别代表第一诗节六个尾词，那么各诗节尾词顺序如下：第一诗节 ABCDEF、第二诗节 FAEBDC、第三诗节 CFDABE、第四诗节 ECBFAD、第五诗节 DEACFB、第六诗节 BDFECA、第七诗节为 ECA 或 ACE，也可采用 FDB 或 BDF。

体诗❶、三节联韵诗❷，虽然在思想和见解方面稍显薄弱，但是从语言角度欣赏却引人入胜。他甚至还尝试过用意大利语写一首十四行诗，采用的是亚历山大体❸，但他绞尽脑汁，最终也没能完成前八行，他发现自己真是缺乏这方面的天赋。他想，也许哪天用安西亚语再试试吧。

他同样阅读了大量科学和历史书籍。看守在供应书本方面表现得非常慷慨，金酒也是全力满足。无论向负责饮食和房间清洁的管理员提任何要求，对方从未皱过一下眉，也没有拖延一天后再答复。在为牛顿服务这方面，他们专业得令人钦佩。有一回，为了一探究竟，他要求阅读阿拉伯语译本《乱世佳人》，管理员内心毫无波澜，在五小时内就把书交给了他。因为不懂阿拉伯语，加上本身对小说也不怎么感兴趣，牛顿便把它当成了书架上的书挡，这本书真是太沉了。

他偶尔也会想念外面的生活，想再见一见贝蒂·乔或内森·布

---

❶ 十九行二韵体诗（villanelle）：该诗体只用两个韵，由五节三行诗和一节四行尾诗组成。该诗的韵式如下：第一诗节 A1bA2、第二诗节 abA1、第三诗节 abA2、第四诗节 abA1、第五诗节 abA2、第六诗节 abA1A2，其中 A1、A2 和 a 同韵，但 A1 和 A2 是特定的两个单词，在全诗固定位置不断重复。

❷ 三节联韵诗（ballade）：最常见的三节联韵体包含三个韵式均为 ababbcbc 的八行诗和结尾一节韵式为 bcbc 的四行献词。

❸ 亚历山大体（Alexandrine）：又称十二音节体，即每行十二个音节。

赖斯，他们是自己在这颗星球上仅有的可以称作"朋友"的人——可能只有这一个理由，能让他对自己被监禁这件事明确提出反对意见。当然，每每想起安西亚，他的心底还是会产生某种情愫，毕竟他早已在故乡娶妻生子，但那种感觉好模糊。他已经不再时常思念自己的故乡。他已然变成了土生土长的地球人。

被监禁的第二个月月末，那帮家伙似乎已经完成了针对牛顿的所有身体检查，留给他的只剩下一些不愉快的回忆，还有总是隐隐作痛的后背。也就是从这时起，他们的审讯变得千篇一律，重复得令人厌烦。显然，他们已经没什么可问的了。不过，自始至终也没有人问过那个再明显不过的问题，没有人问他是不是来自外星球。也是从这时起，牛顿确定了他们对这件事是抱有疑问的，但却没有人直接发问。难道他们是害怕被嘲笑吗？还是说这也是经过精心设计的心理学技巧？有时，他几乎都决定了要和盘托出，告诉他们全部真相，但他们也许根本就不会相信。或者他可以坚称自己来自火星或金星，直到他们认为牛顿不过是个疯子罢了。当然，他们应该没那么蠢。

某天下午，他们突然转变了策略。这种操作完全出乎牛顿的意料，不过等到最后，他算是彻底松了一口气。

审讯还是跟往常一样开始，问话的是鲍恩先生，从被监禁到现在，这家伙每周至少提审他一次。尽管没有任何官员透露过自己的职级，但牛顿总觉得鲍恩是个大人物，比其他人地位更高。鲍恩先生秘书的工作效率似乎要高那么一点点，鲍恩先生的服装似乎要贵那么一点点，就连鲍恩先生的黑眼圈似乎都要重那么一点点。他可能是副国务卿，或者 CIA❶ 的大人物。看得出来，他相当聪明。

鲍恩进门后很热情地跟牛顿寒暄，接着一屁股坐到扶手椅上，点燃一支香烟。牛顿不喜欢烟味，但他早就放弃向他们抗议了。再说，屋内也安装了空气调节设备。秘书坐在了牛顿的书桌旁，好在这家伙不抽烟。牛顿非常友好地跟两个人打招呼，只是在他们走进房间时，他并没有从沙发上站起来。他已经意识到，这些审讯不过是猫捉老鼠之类的小把戏，然而，他并不情愿参与其中。

鲍恩总是一上来就直奔主题。"牛顿先生，坦白跟你讲，"他说，"你还是一如既往，让我们摸不着头脑。我们仍然不知道你是谁，不清楚你从哪儿来。"

牛顿直勾勾地望着对方。"我叫托马斯·杰尔姆·牛顿，来自肯塔基州伊德勒河溪。从生理上讲，我是个畸形儿。你们已经在巴西特县政府查看过我的出生记录，我生于1918年。"

"那你就有七十岁了，但你看着就像四十岁。"

牛顿耸了耸肩，"我说过了，我是个畸形儿。变种人。可能还是个新物种。但我认为这并不违法，不是吗？"所有的话之前都讲过，但他不介意再说一遍。

"不违法。但我们认为你的出生记录是伪造的，那是违法的。"

---

❶ 美国中央情报局（Central Intelligence Agency）：英文首字母缩写 CIA。

"你有证据吗?"

"也许没有。不管你做过什么,你干得非常完美,牛顿先生。既然你都能发明出世界色彩胶卷,我想伪造记录这种事对你来说轻而易举。1918年的记录很难查证,一切都显得理所当然。此外,相关人士早已死亡。问题还是在于我们找不到你儿时的友人。更奇怪的是,我们找不到和你相识超过五年的人。"鲍恩捻灭香烟,挠了挠耳朵,似乎在想别的事,"为什么会这样? 牛顿先生,你能再跟我说一遍吗?"牛顿的思绪开始漫游,他在思考像挠耳朵这样的动作审讯官们是从哪里学来的,是参加特别学校才习得的技巧? 还是通过看电影这种方式毫不费力学会的东西?

他给出的答案和之前一样,"鲍恩先生,就因为我是个畸形儿。母亲几乎不让任何人见我。想必你也注意到了,即使遭到监禁,我也没有感到恼火。在那个年代,把孩子监禁起来并不是什么难事。特别是在肯塔基那样的地方。"

"你从未上过学?"

"从未。"

"可你是我见过的人里面,受过最好教育的人之一。"还没等牛顿回答,他又道,"行了,我知道,你的大脑也不同寻常。"鲍恩打了个呵欠,他看起来好像烦透了。

"没错。"

"然后你就一直躲在肯塔基某个不知名的象牙塔里,直到六十五岁以前都没有人见过你,或者听说过你,对吗?"鲍恩一脸疲惫地对着牛顿笑了笑。

当然，这种说辞十分荒唐，不过牛顿对此也无能为力。显然只有傻瓜才会相信他的话，但他总要编造出这样或那样的故事。他本可以在建档这方面多下些功夫，再贿赂一些官员，让自己的过去更具说服力，但早在离开安西亚的时候，这种做法就被否决了，因为风险太大，不值得。甚至就连寻找专家伪造出生证明也极其困难和危险。

"对，"他微笑道，"除了几位过世已久的亲戚，在我六十五岁之前，没有人听说过我。"

鲍恩突然说起一些新鲜的内容："后来，你下定决心，开始在城镇间倒卖戒指，是不是？"他的声音变得严厉起来，"你给自己做了大约100枚金戒指——我猜用的应该都是当地材料吧，戒指全都一模一样。到了六十五岁，你突然决定要兜售这些玩意儿，是不是？"

这让人颇感意外，之前他们从未提过戒指的事，尽管他推测对方肯定知道这件事。一想到自己即将就该问题做出的荒唐解释，牛顿不禁哑然失笑。"没错。"他回答。

"而且我猜那些黄金应该是你从自家后院里挖出来的吧，宝石也是你用自己的化学生产工艺人工合成的，然后你还用安全别针的针头在上面雕刻了文字，对不对？只有这样，你才能以低于宝石成本的价格将戒指卖给那些小珠宝店。"

牛顿忍俊不禁，"鲍恩先生，我可是个怪人呀。"

"不至于，"鲍恩道，"没有人会怪到那种地步。"

"好吧,那你怎么解释这一切呢?"

鲍恩停下来又点了一支烟。尽管他表现得出离愤怒,但双手却很稳。他继续道:"我想你应该是把戒指放在了宇宙飞船上。"他稍稍抬起眼眉,"我猜得准不准?"

牛顿不禁吃了一惊,但是他忍住没有表现出来。"很有意思的猜测。"他说。

"是呀,很有意思。但我接下来要说的话更有意思,距你卖出第一枚戒指的城镇5英里外,我们发现了一堆奇特的飞行器残骸。牛顿先生,可能你还不知道,只要频率设置正确,你留在那里的飞船外壳依然具有放射性。毕竟它可是穿越了范艾伦辐射带❶。"

"我不知道你在说什么。"牛顿说。这句话很无力,但他也没有别的可说了。FBI的调查工作要比他想象的更加全面彻底。沉默良久,牛顿继续道:"假设我是乘坐宇宙飞船来的,比起倒卖戒指,难道我没有其他更好的赚钱方法吗?"他有段时间一直认为自己并不是特别关心那帮家伙会不会发现他的真实身份,但听到这些新问题,面对如此直截了当的审讯官,牛顿还是会感觉不自在,这一点倒是出乎他的意料。

"打个比方说,你来自……金星,"鲍恩道,"你需要钱,你会怎么做?"

---

❶ 范艾伦辐射带(Van Allen belts):位于地球附近的近层宇宙空间中包围着地球的高能粒子辐射带。

人生中第一次,牛顿发现自己的声音无法保持镇定,"要是金星人能建造宇宙飞船,我想他们也能伪造货币。"

"在金星,你从哪儿找一张10块纸币?你拿什么来伪造?"

牛顿没有回答,鲍恩从外衣口袋里掏出一个小物件,放到他旁边的桌上。秘书立即抬起头,等着两人开口,显然是要将接下来的话记录在册。牛顿眨了眨眼睛。桌上的东西是一盒阿司匹林。

"牛顿先生,伪造货币给我们带来的是另一样东西。"

他已经知道鲍恩接下来要说什么了,可他却毫无办法。"你从哪儿弄到这东西的?"他问。

"在路易斯维尔搜查你的酒店房间时,我们的人偶然发现了这东西。那是两年前的事了——就是你在电梯里摔断腿之后。"

"你们在我房间里搜查了多久?"

"很久,牛顿先生。"

"那你们很久之前就有理由逮捕我了。为什么没有?"

"关于这个,"鲍恩道,"我们首先自然是想弄清楚你的目的,包括你在肯塔基建造的飞船。想必你也注意到了,整件事非常棘手。牛顿先生,你现在已经变得非常富有,我们要是四处逮捕有钱人,一定不能免除责罚——尤其是在拥有一个健全政府的情况下,而我们对于这位富翁的唯一指控就是——他可能来自金星之类的地方。"他向前探了探身子,声音变得柔和了些,"牛顿先生,是金星吗?"

牛顿回以微笑。实际上,这些新信息并没有改变什么。"除了肯塔基州伊德勒河溪,我可没说过自己来自其他地方。"

鲍恩若有所思地低头看着阿司匹林药盒。他拿起药盒，放在掌心掂了掂分量，然后说："相信你自己也清楚，制作药盒使用的材料是铂，光是这一点就异乎寻常，你想不承认都不行。考虑到这东西使用的材料和整体做工，用通俗的话来讲，这不过是对拜耳阿司匹林药盒的拙劣仿制品，这是另一个不同寻常的地方。举例来说，整个盒体足足大了四分之一英寸，颜色也差得很远。铰链也不是拜耳公司通常的制作工艺。"他看着牛顿，"并不是说哪个铰链更好——只是二者不同罢了。"他又笑了笑，"其中最异常的地方，可能就是盒体上并没有印着那些小字，牛顿先生——上面只有一些看起来像是印刷字的模糊线条。"

牛顿觉得不太舒服，竟然忘记毁掉盒子了，他在生自己的气。"即便如此，你又能得出什么结论？"嘴上虽然这么说，但他们会得出何种结论，牛顿心知肚明。

"我们的结论是，有人根据电视广告图片尽力仿制了这个盒子。"鲍恩微微一笑，"而且还是从电视接收的极限边缘区收看到的。"

"伊德勒河溪，"牛顿说，"确实是极限边缘区。"

"金星也是。更何况伊德勒河溪的药妆店出售拜耳阿司匹林药盒，里面还装满了阿司匹林药片，价格只需1块。在伊德勒河溪，完全没必要自己制作药盒。"

"要是这家伙碰巧是个怪胎，还有非常奇怪的癖好，也不行吗？"

鲍恩似乎依旧乐在其中——也许只是自娱自乐。"不太可能吧，"他说，"好了，我就打开天窗说亮话吧。"他仔细打量着牛顿，"这件事说来有趣,像你这样……这样聪明的人,竟然会犯这么多低级错误。你猜我们为何会趁你在芝加哥时下令逮捕你?难道只是碰巧吗?你可是有两个月时间来思考这个问题。"

"我不知道。"牛顿回答。

"我刚才说的就是这个意思。很显然,你们——是叫安西亚人,对吧——还没有完全习惯用我们的方式思考问题。我相信随便一个普通人或者侦探杂志的读者都已经注意到了,你在芝加哥时向布赖斯博士解释了整件事的来龙去脉,而我们在你的房间里安装了传声器。"

牛顿一时语塞,他愣了足足一分钟。片刻之后,他终于开口:"鲍恩先生,你说得没错,安西亚人的思考方式的确跟你们人类不同。但我们不会把一个人关上两个月,就为了问一些早已知晓答案的问题。"

鲍恩耸了耸肩。"现代政府的运作方式很神秘,有时难以理解,不过由此产生的奇迹正在上演。更何况,逮捕你并不是我的主意,下达命令的是FBI。某些身处高位的大人物慌了神,他们害怕你会用自己的摆渡船把整个世界炸飞。实际上,他们从一开始对你就是这种看法。他们的特工提交了飞船项目的报告,那些副主任正在努力研判你什么时候会向华盛顿或纽约发射飞船。"他假装伤心地摇了摇头,"自埃德加·胡佛❶之后,那帮该死的家伙看到什么都跟世界末日似的。"

---

❶ 埃德加·胡佛(Edgar Hoover,1895—1972):美国联邦调查局第一任局长,任职长达48年。

牛顿突然站起来给自己倒了杯酒。鲍恩请他准备三杯。趁牛顿备酒之际,鲍恩也站起身,双手插袋,盯着自己的鞋看了一会儿。

将酒杯递给鲍恩和秘书(秘书在接酒时避开了牛顿的眼睛)之后,牛顿想到了一些事,"要是FBI听过你的录音——我猜你应该录音了——他们一定会改变当初对我的看法。"

鲍恩呷了一口酒,"事实上,牛顿先生,我们没有告诉FBI录音的事,我们只是命令他们进行逮捕行动,那盘录音带从未离开过我的办公室。"

牛顿又吃了一惊。出乎意料的事情一个接一个,他已经有些习惯了,"他们若是索要录音带,你又该怎样阻止?"

"说到这个,"鲍恩道,"让你知道也无妨,我有幸担任CIA的局长。换言之,我的级别比FBI要高。"

"那你一定就是——叫什么来着,范·布勒?我听过你的名字。"

"即便是在CIA这个组织中,我们也是一群难以捉摸的存在,"鲍恩——或者说范·布勒道,"不管怎样,我们手中握有录音带,也知道了我们想了解的关于你的全部。我们还从你的自白中推断出如果让FBI的人抓到你——正如我所说,他们已经准备行动了——你很可能会把真相和盘托出。这是我们不愿看到的,因为我们并不信任FBI。牛顿先生,如今这个时代可谓危机四伏,那帮家伙很可能会用杀掉你的方式来解决这个困扰我们许久的问题。"

"你们不打算杀我?"

"我们当然也想过。但我从未采取行动,主要原因在于,不管你有多危险，除掉你无异于杀鸡取卵。"

牛顿喝完酒，又将杯子斟满。"你说这话是什么意思？"他问。

"过去三年，我们从你的私人文件中窃取了部分数据，并以此为基础研制了许多投射性武器，作为国防建设的一部分。我刚才也说了，危机四伏的年代。你在许多领域都有利用价值。我想你们安西亚人应该对武器有着非常深入的了解。"

牛顿停顿片刻，他盯着自己的酒。过了一会儿，他平静地说："要是你们听过我对布赖斯说的话，你们就应该知道安西亚人用自己制造的武器对自己做了什么。我无意将美利坚合众国打造成无所不能的帝国。实际上，即便我有这个想法，我也没有这个能力。我不是科学家。我被选中进行星际旅行是因为我的体能好，而不是因为我知识渊博。关于武器我知之甚少——我猜比你了解的还要少。"

"你肯定亲眼见过或听说过安西亚的武器。"

牛顿现在已经重新镇定下来，可能是因为喝了酒的缘故。他已经卸下了防备，"范·布勒先生，你见过汽车。但你能立刻向一个非洲野人解释怎样制造汽车吗，还是在只能使用当地材料的情况下？"

"不能。不过我可以向野人讲解内部燃烧的原理。当然，前提是我能在现代非洲找到一个野人。而且，倘若他是一个聪明的野人，也许能自己想出办法来。"

"也许他会把自己的命搭进去，"牛顿说，"无论如何，我都不会告诉你们这方面的事，无论对你们来说这些东西有多大价值。"他又喝完一杯酒，"要我说，你们这群冷血的家伙，继续折磨我吧。"

"恐怕只是在浪费时间，"范·布勒说，"这两个月来，我们一直在持续不断地问你一些愚蠢的问题，你知道个中原因吗？我们在对你进行精神分析。我们在这儿安装了摄像头，用于记录你的眨眼频率等信息。我们现在已经得出结论，那就是酷刑对你没有任何作用。只要感到疼痛，你很容易就会失去理智，而且我们对你的心理活动——内疚和焦虑之类的情绪——了解得还不够深入，也无法对你进行任何形式的洗脑。我们还让你服用了许多药物——催眠药、麻醉剂，但没有一个起作用。"

"接下来你准备做什么？开枪打我吗？"

"非也。恐怕我们连那个都做不到。没有总统的许可，而且他也不可能下达这样的命令。"他苦笑道，"你瞧，牛顿先生，我们把所有重要的因素全都考虑了进去，没想到最后需要考虑的竟是一个非常现实的问题，那就是人类的政治局势。"

"政治局势？"

"说来也巧，现在是1988年。1988是选举年，总统已经在为连任到处奔波，而且据可靠消息，他很可能成功——你知道吗，水门事件❶什么都没有改变——什么都没有改变——总统依然在通过

---

❶ 水门事件（Watergate）：美国政治丑闻。在1972年的总统竞选中，为了获取民主党内部情报，共和党竞选班底5人潜入位于华盛顿水门大厦的民主党全国委员会办公室，在安装窃听器和偷拍文件过程中当场被捕。因该丑闻，尼克松于1974年8月8日宣布在次日辞职。

CIA 监听反对党。如果我们拿不出充分证据指控你,或者在释放你之后四处公开道歉,共和党人就会把整件事渲染为另一场德雷福斯冤案❶。"

牛顿突然笑出了声,"如果你开枪打我,总统就可能输掉竞选?"

"共和党人已经联合了你在 NAM❷ 的兄弟实业家,他们现在已经形成了一股不容小觑的新兴势力。你可能也知道,这些人的影响力相当大,他们这样做也是为了维护自己的权益。"

牛顿笑得更厉害了。这是他有生以来第一次真正的放声大笑。他不再只是咯咯低笑、哧哧窃笑,或者扑哧一笑,他笑的声音很大,情绪很强烈。最后,他开口道:"也就是说,你准备放我走了?"

范·布勒冷笑道:"明天。我们明天就放你走。"

---

❶ 德雷福斯冤案(Dreyfus case):1894年,法国陆军参谋部犹太籍上尉德雷福斯被诬陷犯有叛国罪,遭革职并处终身流放。法国右翼势力乘机掀起反犹太浪潮。但不久后,真相大白,法国政府坚持不承认错误,直至1906年,德雷福斯才被判无罪。

❷ 全国制造商协会(National Association of Manufacturers):英文首字母缩写 NAM,美国最大的制造业贸易协会。

第 九 章

这一年多的时间里,他的日子过得越来越艰难,自己对许多事物的感受变得越来越难说清楚。对他这个种族来说,这原本并不是什么难事,但不知怎的,他逐渐沦落至此。过去的15年间,他学会了说英语,学会了系扣子,学会了打领带,还学会了击球率、各类汽车品牌,以及数不清的各种零碎信息——其中许多都是不必要的知识,然而,当年的牛顿从来没有怀疑过自己,也从未质疑过计划本身,既然自己被选中,只要执行就好。但是现在,和地球人在一起真正生活了五年后,即使面对自己被释放这种有着明确答案的事情,他都说不出自己的感受了。至于那个计划,他不知道接下来应该做何考虑,于是索性不再去想。他已经变得越来越像人类。

早晨起来,他又开始伪装自己。在回归现实世界前,再次穿戴这些玩意儿的感觉有一点怪,也有点蠢,事已至此,他还需要隐藏给谁看呢?不过,能够重新戴上隐形眼镜,他还是很高兴,镜片能让他的眼睛看起来更像人类。内置的滤光器能够避免明亮光线直接照射,缓解了牛顿双眼的压力,虽然之前他也一直戴着墨镜,但并不能起到完全的保护作用。戴好隐形眼镜,看着镜中的自己,他如释重负，终于又像人类了。

一个之前从未见过的男人将牛顿带出房间，两个人沿走廊一路前行，走廊两边装饰着发光嵌板（W.E.公司专利制造），还有荷枪实弹的士兵把守。来到走廊尽头，他们进入电梯。

梯厢内部灯光明亮，令人窒息。牛顿戴上了墨镜。"整件事你们跟媒体是怎么交代的？"他问，虽然他并不在乎答案。

男人从开始到现在一直保持着沉默，但他的态度其实还算友善。他个头不高，但身材结实，只是脸色不太好。"虽然我不在那个部门，"他和颜悦色地说，"但我想他们会说，出于安全考虑，你是处在保护性监禁之下。你的工作对国防建设来说至关重要。诸如此类。"

"我出去的时候，外面会有等待的记者吗？"

"我想不会。"电梯停了。门开了，前面是另一条守卫森严的走廊。"这么跟你说吧，我们打算悄悄把你从后门带出去。"

"现在吗？"

"大约两小时后。还要先办理一些常规手续。我们得按程序来，才能让你离开这儿。这也是我此行前来的原因。"两个人沿走廊继续前行，走廊很长，而且和大楼其他地方一样，光线明亮晃眼。"告诉我，"男人说，"你为什么会被关在这儿？"

"你不知道吗？"

"这里严禁谈论相关信息。"

"范·布勒先生也没有跟你提过吗？"

男人笑了笑，"范·布勒什么都不会说，也许会告诉总统，但他只说自己想说的。"

来到走廊（或者说隧道，他也不确定哪个词更准确）尽头，打开一扇门，映入眼帘的好像是一间超大的牙科诊所。房间异常整洁，铺着淡黄色的瓷砖。屋内有一把牙科椅，椅子两侧分别放了几台新机器，给人的感觉不太舒服。已经有两女一男站在房间里等候，他们的笑容很有礼貌，穿着和瓷砖相称的淡黄色工服。牛顿本来还期待能见到范·布勒（他也不知道为什么），但范·布勒并没有出现。带牛顿过来的男人把他领到椅子前面。那家伙咧嘴一笑，"我知道，这些东西看起来有些吓人，但它们不会伤害你的。就是一些常规检查，主要用于身份鉴定。"

"我的天啊，"牛顿说，"你们还没检查够吗？"

"牛顿先生，我们可没做过什么。如果接下来的检查和CIA做的有重复之处，还请见谅。我们是FBI，我们需要将这些东西记录归档。你知道的，血型、指纹、脑电波，诸如此类。"

"好吧。"他无奈地坐到椅子上。范·布勒曾经说过："现代政府的运作方式很神秘，有时难以理解，不过由此产生的奇迹正在上演。"不管怎样，整个检查应该不会花太长时间。

他们用针头、照相器材和各种金属装置检查了牛顿的身体，整个过程持续了一段时间。他们用夹具先后固定住牛顿的头部和腕部，测量出他的脑电波和心率。他知道，测量结果肯定会让他们大吃一惊，不过他们倒是没有表现出来。正如那个FBI探员所说，都是一些常规检查。

大约一小时后，他们把一台机器推到牛顿近前，并叫他摘掉眼镜。机器上并排安装着两枚镜片，看上去好像一对眼睛，正在疑惑地打量着牛顿。镜片周围分别配有一个眼罩似的黑色橡胶托。

他立刻害怕起来。万一他们不清楚自己眼睛的特殊之处……"你们准备拿这台机器做什么？"

身穿淡黄色工服的技术员从衬衫口袋里掏出一把小尺子，举到牛顿的鼻梁上，测量了一下眼距。对方说话时语气很平淡。"只是拍几张照片，"他说，"不疼的。"

脸上挂着职业微笑的女人走了过来，她准备摘下牛顿的眼镜，"好了，先生，我们先把这个东西摘下来吧……"

他猛地把头甩开，同时抬起一只手护住自己的脸，"等一下。什么样的照片？"

站在机器旁的男人犹豫片刻，他看了一眼坐在墙边的FBI探员，FBI探员亲切地点了点头。黄色工服男说："实际上，我们要同时拍摄两种照片，先生。其中一种是用于识别身份的视网膜照片，我们要进行血管造影。这是最先进的身份识别技术。另一种是X光片。我们要得到你的枕骨内侧——也就是颅骨后部的结构图，包括枕内嵴的分布情况。"

牛顿想要离开椅子站起来。"不行！"他说，"你根本不知道自己在做什么。"

和蔼可亲的FBI探员以令人意想不到的速度闪到他身后，将牛顿重新拉回椅子上，他现在动弹不得。也许FBI探员没有注意到，即使是女人也可以轻易制伏他。"很抱歉，先生，"身后传来男人的声音，"但我们必须拍摄那些照片。"

他试图让自己冷静下来，"没人跟你们说过我的事吗？没人跟你们讲过我眼睛的事吗？他们肯定知道我眼睛的情况。"

"你的眼睛怎么了？"黄色工服男问，他看起来有些不耐烦。

"它们对 X 射线非常敏感。那台设备……"

"人眼是看不见 X 射线的。"对方噘起嘴唇，显然是有些生气，"人眼无法感知那种频率的光。"男人朝女人点了点头，那家伙的笑容令人不快，女人摘掉了牛顿的眼镜，房间内的灯光晃得他不停眨眼。

"我能看见，"他眯起眼睛说，"我看到的东西跟你们完全不同。"他继续道，"我可以给你看一下我眼睛的结构。只要你放开我，我就把……把隐形眼镜摘下来。"

FBI 探员并没有松开他。"隐形眼镜？"技术员疑惑道。他俯下身，凑到近前，盯着牛顿的眼睛看了好长一会儿。接着，他后退几步，"你根本就没有戴隐形眼镜。"

一种许久不曾有过的感觉涌上牛顿心头——恐慌。明亮的房间压得他喘不过气，和着自己心跳的频率，周围的一切似乎都在有节奏地跳动。他变得口齿不清，好像喝醉了一样。"它们是……一种新型镜片。只是一层薄膜，不是塑料。只要你们放开我，就一会儿，我马上摘下给你们看。"

技术员还在噘着嘴。"根本就没有那种东西，"他说，"我已经戴了二十年的隐形眼镜,而且……"

身后的FBI探员突然开口,他的话此时竟如此动听。"阿瑟,就让他试试吧,"说罢,他一下子松开牛顿的胳膊,"毕竟,他也算纳税人。"

牛顿松了一口气,他随即说:"我需要一面镜子。"他在自己的口袋里摸索,突然间又慌乱起来,他忘了带那把特制的小镊子,只有用它才能摘下薄膜……"不好意思,"这句道歉不是对他们当中任何一个人说的,"不好意思,但我需要拿工具。可能得回我的房间……"

FBI探员笑得很有耐心。"不要得寸进尺,"他说,"我们可没有一整天时间用来浪费。就算我想回去,我也进不到那间屋子里。"

"那好吧,"牛顿说,"那你们这边有没有小镊子?也许我可以用它试一试。"

技术员一脸苦相,"等一下。"他嘟囔了几句,接着走到抽屉边,不一会儿,他就搜罗了一大堆闪闪发光的器械——有镊子、外形像镊子的工具,以及功能未知的镊子式器具。他把这些东西一股脑儿地摆在牙科椅旁边的桌子上。

女人递给牛顿一面圆镜。他从桌上拿起一把尖端稍钝的小镊子,跟他用来摘隐形眼镜的那把不是很像,但万一有用呢。他试探性地夹了几次,可能尺寸还是有些大,不过也只能上了。

然后,他发现自己的手握不稳镜子,他请给自己拿来镜子的女人帮忙。女人走到近前,把镜子举到牛顿面前,他告诉女人往后退一点,接着又让她调整角度,好看得清楚一些。牛顿还在眯着眼睛。

黄色工服男开始用脚在地板上打拍子，咚咚的敲击声和屋内灯光的脉动产生了共鸣。

牛顿手拿镊子，靠近自己的眼睛，就在这时，他的手指不由自主地颤抖起来，他马上把手缩了回去。他又试了一次，还是没办法让那东西靠近自己的眼睛，这一次他的手抖得更厉害了。"对不起，"他说，"再等一下就好……"刚一靠近眼睛，他的手就不由自主地又缩了回去，他害怕这把工具，更害怕这些不受控制的手指，真是该死，怎么一直在抖，一直颤个不停。镊子突然脱手，掉在了牛顿的大腿上。他慌慌张张地捡起镊子，叹了一口气，望着FBI探员，他猜不透对方脸上的表情是什么意思。他清了清嗓子，依旧眯着眼睛。为什么这里的灯光如此明亮？"你觉得，"他说，"我能喝杯酒吗？金酒？"

男人突然大笑起来。但这一次的笑声听起来似乎不那么亲切了，只剩下尖锐、冰冷和残酷。男人的笑声回荡在铺满瓷砖的房间里。

"得了吧，"男人放纵地笑道，"不要得寸进尺。"

此时的牛顿已经陷入绝望，他紧紧抓住镊子。哪怕能把其中一边的薄膜摘掉也好，即使会伤到自己的眼睛，他们也应该能……为什么范·布勒不出来跟他们解释清楚？他宁可毁掉一只眼睛，也决不能把双眼交给那台机器和那对镜片，他们想窥探自己颅骨内侧的结构？还想数一数枕内嵴的数量？亏那帮白痴想得出来，更何况还要让X射线通过自己的眼睛，通过自己这双极度敏感的眼睛。

突然间，FBI探员再次抓住牛顿的手腕，他的胳膊又一次被扳到背后——与人类相比，牛顿的双臂是如此无力。接着，有人过来用夹具固定住他的头部，并在太阳穴附近收紧。"不要！"他的声音很轻，却颤抖不止，"不要！"他的头已经动弹不得。

"不好意思，"技术员说，"不好意思，为了完成检查，我们必须把你的头固定住。"从他的声音中倒是听不出半点歉意。他把机器对准牛顿的脸，然后转动旋钮，将镜片与橡胶托推到牛顿眼前，就像给他戴上了一副双筒望远镜。

牛顿干了一件前所未有的事，这是两天之内他第二次展现出跟人类相像的一面，他开始尖叫。起初，他什么都没有说，只是在不停喊叫，但后来，他发现自己不停在讲："难道你们不知道吗？我不是人类。我不是人类！"橡胶托已经遮挡住所有光线，他现在什么东西都看不到，什么人也看不到。"我根本就不是人类！"

"得了吧。"身后传来 FBI 探员的声音。

紧接着，一道银光闪过，这种感觉就好像一个人刚刚走出黑暗的房间，就要强迫自己瞪大眼睛盯着仲夏日正午的阳光，直到眼前变成漆黑一片，但对牛顿而言，这道银光比那日头还要耀眼。之后，他感觉自己脸上的压力消失了，他知道他们已经推走了机器。

直到他走路跌倒了两次之后，他们才检查了一下他的眼睛，然后发现，牛顿瞎了。

第 十 章

在一家政府医院，牛顿被隔离了六周时间，政府医生对他的病情束手无策。视网膜上的感光细胞几乎全被烧焦，它们现在的视觉辨别能力甚至还比不上一张过曝的摄影底片。过了几周，他勉强能分辨出光与暗，如果把一个巨大的黑色物体摆在他眼前，他也能告诉你，这是个巨大的黑色物体，但也仅此而已——他无法分辨颜色，也无法感知物体的形状。

这段时间，他又开始思念安西亚。起初浮现在他脑海里的都是一些古老的记忆碎片，大多都与童年相关。他想起小时候喜欢玩的一种类国际象棋游戏，玩法是在圆盘上摆放透明的立方体，他在回忆那些复杂的规则，浅绿色立方体组成的多边形优先级要高于灰色立方体。他想起自己学过的乐器、读过的书——特别是那些历史书。三十二岁那年（按人类时间计算是四十五岁），他结婚了，童年自动宣告结束。妻子不是他选的（偶尔也有安西亚人是自由恋爱），而是父母包办。这桩婚姻受法律保护，而且也算美满。虽然没有激情，但安西亚本身也不是富于激情的种族。现在，牛顿双目失明，被安置在一家美国医院，他想起了自己的妻子，这种情绪比以往任何时候都要强烈。他思念爱人,希望她能陪在自己身边。偶尔,他还会哭。

由于看不了电视,他有时会听听收音机。牛顿得知政府未能守住他失明的秘密,共和党人利用这点在竞选活动中大做文章,他们说这届政府实施的是行政高压统治,并且极端不负责任,牛顿的遭遇就是最好的例证。

失明一周后,牛顿就已经不再怨恨他们了,他怎么能生一帮孩子的气呢?范·布勒狼狈道歉,一切都是他们的错,FBI 没有被告知牛顿的特殊之处——他之前并不了解此事。牛顿很清楚,范·布勒并不是真的关心自己的死活,那家伙只是担心自己会跟媒体说什么,会透露哪些人的名姓。牛顿拖着疲惫的身体向对方保证,自己什么都不会说,整件事是一场无法避免的意外。不是任何人的错,只是意外。

后来有一天,范·布勒告诉牛顿他已将录音带销毁。据他所言,他从一开始就知道不会有人相信这些鬼话,他们会认为录音带是伪造的,或者牛顿是个疯子,或者相信其他说法,就是不会承认真相。

牛顿问他是否相信。

"我当然相信,"范·布勒平静地说,"至少有六名知情者相信。总统便是其中之一,国务卿也是。但我们正在销毁记录。"

"为什么?"

"说到这个,"范·布勒冷冷一笑,"除了其他一些原因,我们主要是不想被这个国家当成有史以来最伟大的疯子统治者,更不想因此被载入史册。"

牛顿放下正在练习的盲文书。"也就是说,我能继续自己的工作了？能回肯塔基了？"

"也许吧。我也不知道。你的余生都会处在我们的监视之下。不过如果共和党人上台，我就会被人取代。我不知道。"

牛顿又拿起书。一时间，他对周围正在发生的事产生了兴趣，这还是几个星期以来的第一次。但这种兴致来得快，去得也快，没有留下任何痕迹。他淡淡一笑。"有意思。"他说。

...

在护士的帮助下，牛顿走出医院，大楼外面挤满了等待的人群。借着明亮的阳光，他能依稀分辨出这些人的轮廓，听到他们说话的声音。人群中间是为他开辟出的一条通道，可能是警察的功劳，护士将他引导到车上，牛顿听到一阵微弱的掌声。走路时他踉跄了两次，但没有摔倒。护士非常专业，只要牛顿有需求，她可以继续陪护几个月甚至几年。她叫雪莉，而且在他"看"来，对方应该很胖。

突然，有人轻轻握住了他的手。他的面前站着一个身材高大的家伙。"牛顿先生，看到你回来真是太好了。"是法恩斯沃思的声音。

"谢谢你，奥利弗。"他感觉十分疲惫，"我们有好多事要谈。"

"是呀。牛顿先生，你知道吗，你上电视了。"

"是吗，我不知道，"他环顾四周，想分辨出摄像机的形状，但没有成功，"摄像机在哪里？"

"在你右手边。"法恩斯沃思低声道。

"受累帮我转身。有人想提问吗？"

肘边有人开口,听说话声明显是位电视评论员。"牛顿先生,我是 CBS 电视台❶的杜安·怀特利。能请您谈谈重获自由的感受吗?"

"不,"牛顿说,"现在还不能说。"

播音员似乎并不惊讶。"您未来,"他说,"有什么打算吗?在刚刚经历了这一切之后?"

牛顿终于分辨出了摄像机的形状,他现在面对着镜头,另一侧,身处华盛顿和全国各地的无数人类观众翘首以盼,但他丝毫不在意这些人。他心里想的是另一拨观众,他微微一笑,是那些安西亚科学家吗?还是自己的妻子?"想必你们也有所耳闻,"他说,"我一直致力于太空探索项目的开发研究。我的公司正在建设一个特大工程,我们要向太阳系发射一艘宇宙飞船,到现在为止,星球之间的航行仍然不具备条件,我们要观测那些阻碍我们前进的辐射物。"他停顿片刻,喘了一口气,这才意识到自己的头和肩膀都在痛,可能因为长时间卧病在床,他现在又重新感受到了重力的压迫,"在我被监禁期间——当然,这并不是什么愉快的体验——我终于有了思考的机会。"

"所以呢?"播音员趁牛顿说话的间隙继续发问。

"是这样,"面对摄像头与故乡的方向,牛顿温柔一笑,这笑容意味深长,这笑容十分开心,"我认为这项工程投入过大。我决定放弃。"

❶ 哥伦比亚广播公司(Columbia Broadcasting System):英文首字母缩写 CBS,美国三大全国性商业广播电视网之一。

219—236

1990年：伊卡洛斯溺亡

第 一 章

通过一卷火药纸，内森·布赖斯第一次找上了托马斯·杰尔姆·牛顿。这一回，又是一枚唱珠令二人重逢。跟捡到火药纸的经历差不多，发现唱片的过程亦属偶然，但不同的是，他只看了一眼便读懂了蕴含在唱珠背后的意义（或者说部分意义）。时间是1990年10月，地点在路易斯维尔一家沃尔格林❶药妆店，与布赖斯和贝蒂·乔·莫舍同居的公寓相隔几个街区。牛顿在电视上发表完那篇简短的告别演说之后，时间又过去了7个月。

布赖斯和贝蒂·乔把世界集团支付给他们的薪水大部分都存了起来，所以对布赖斯来说，他无须再为生计发愁，至少未来一两年内都不用工作。但他还是在一家科学玩具制造企业找了份顾问工作——他对这份工作相当满意，算是为自己的化学事业画上了圆满的句号。某天下午，下班回家的路上，布赖斯经过药妆店，本来是打算买双鞋带，但刚走到门口他便停下了脚步，他看到一个装满唱珠的大个儿金属篮，上面立着一块牌子，写着：清仓处理，售价89

---

❶ 沃尔格林（Walgreen）：美国食品药品零售企业。

美分。布赖斯最喜欢捡便宜货。他快速扫过部分标牌，时不时还会拿起其中一两枚把玩一番，突然，他发现了一枚由业余歌手录制的唱珠，光是标题就把他吓了一跳。自从唱片变为小钢珠以来，制造商通常都会使用小塑料盒进行包装，外面再贴上一张大大的塑料标牌。标牌上是各种艺术照，以及各色评论（通常都很滑稽），这些东西都能在老式的四声道唱片专辑封面上找到。可是，这枚唱珠的标牌几乎就是一张硬纸板，没有任何图片。唱珠标题从头到尾使用的都是小写字母，老掉牙的字体版式，算是用低廉的成本赋予了商品最低限度的艺术感。标牌上写着：来自外太空的诗。背面还印着这样一句话：我们向您保证，虽然您听不懂这种语言，但您一定希望自己能懂！此曲只应天上有，七首超凡脱俗的诗歌，出自我们的"访客"之手。

没有半点犹豫，布赖斯拿起唱珠走进视听室，将钢珠投入卡槽，转动开关。传进耳中的语言确实很奇怪——悲伤的腔调、清脆的嗓音，大量长元音和奇怪的声调起伏，完全不知所云。但毫无疑问，是T.J.牛顿的声音。

他关掉试听。唱珠标牌底部印着："**第三文艺复兴**"录制，**纽约沙利文大街23号**……

"第三文艺复兴"位于一栋复式公寓楼内，办公室只有一位员工，是个短小精悍的年轻人，一个留着大胡子的黑人。幸运的是，布赖斯走进办公室时，正好赶上这家伙心情不错，他很大方地提供了"访客"的相关信息，那家伙是个有钱的怪人，好像叫汤姆还是什么的，住在村子的某个地方。这个怪人似乎是亲自去找的唱珠公司,并且自行承担了唱珠的制作和发行费用。街角有一间酒咖,名叫"钥匙与锁链",在那儿没准儿能碰到他……

进入七十年代,老式咖啡馆纷纷倒闭,"钥匙与锁链"算是仅存的遗迹,和其他少数店家一样,靠着支起吧台、贩卖廉价酒水,总算是勉强维持了下来。这里没有邦戈鼓❶,也没有诗歌朗诵通告——它们的时代已经过去许久——但墙上还挂着业余画家的作品,廉价的木桌被随意摆放在店内,客人不多,一个个都特意打扮得像流浪汉。托马斯·杰尔姆·牛顿不在这里。

布赖斯在吧台点了杯威士忌加苏打水,慢慢喝着,决定继续守在这儿,心想怎么也要再等几个小时吧,结果刚开始喝第二杯,牛顿就出现了。一开始,布赖斯并没有认出他。牛顿微微佝偻着身子,步伐比之前更显沉重。他戴着平时从不离身的墨镜,但如今又多了一根白色手杖,更荒唐的是,他脑袋上竟然还顶着一个灰色软呢帽。身旁的胖护士挽着牛顿的胳膊,领着他走到屋后的单桌就座,护士把牛顿安排好后便离开了。牛顿面朝吧台方向招呼了一声:"下午好,埃尔伯特先生。"酒保则应道:"马上就来,老爹。"接着,酒保打开一瓶哥顿金酒❷,又拿出一瓶安戈斯图拉苦味剂,把这两个东西和玻

---

❶ 邦戈鼓(bongo drum):一种用手指弹奏的古巴黑人小鼓。

❷ 哥顿金酒(Gordon's gin):畅销世界的英国金酒品牌。

璃杯一起放到托盘上,送到牛顿桌前。牛顿从衬衣口袋里掏出一张钞票递给酒保,他淡淡一笑,说了声"不用找了"。

吧台旁的布赖斯目不转睛地盯着牛顿,牛顿的手不停摸索着找到玻璃杯,给自己倒了半杯金酒,又加入大量苦味剂。他没有放冰块,也没有搅匀酒水,而是直接小口喝起来。突然间,布赖斯慌了神,现在他终于找到了牛顿,可是要跟对方说些什么呢?难道要自己举着苏打水威士忌冲出吧台,跑到牛顿面前说:"嘿,一年过去了,我改变主意了。我还是希望安西亚人来接管一切。我一直有在看报,如今,我希望安西亚人来接管一切。"他真的与那个安西亚人重逢了(只是没想到牛顿竟落得这般可怜田地),然而现在看来,这一切都是那么可笑。那场惊世骇俗的芝加哥对话仿佛只是南柯一梦,又或者是发生在另一颗星球上的故事。

他注视着安西亚人良久,回忆起自己最后一次见到飞船项目时的情景:空军飞机将他、贝蒂·乔和另外50人一齐带离肯塔基工地现场,飞机的下方,是牛顿的那艘摆渡船。

想到这儿,他一时间几乎忘了自己身在何处。他想起大伙儿在肯塔基建造的那艘既精美又荒诞的大型飞船,想起自己在工作中收获的快乐,曾几何时,他也沉浸其中,只为破解那些围绕在金属与陶瓷、温度与压力之上的谜团,他觉得自己真的在做一件很重要的事、一件很有价值的事。也许现在,飞船的某些地方已经开始生锈(要是FBI没有把整艘飞船用热塑性塑料密封起来放到五角大楼地下室的话)。不管怎样,即便飞船真的能得到修复,官方也绝不可能第一个出手。

接下来,由于受到这种情绪的鼓舞,布赖斯把心一横,去他妈的,他站起身,走到牛顿桌前坐下,用平静的语气不慌不忙地说:"你好,牛顿先生。"

牛顿的声音似乎同样平静,"内森·布赖斯?"

"是我。"

"嘿,"牛顿喝完手头的酒,"很高兴你能来,我也想过,你可能会来找我。"

不知怎的,布赖斯有些紧张,也许是牛顿语气中的漫不经心让他慌了神,他突然感觉有些尴尬。"我看到了你的唱珠,"他说,"那些诗歌。"

牛顿淡淡一笑,"是吗?感觉怎么样?"

"不太喜欢。"他本想壮着胆子说出自己的想法,但听上去感觉像在闹脾气。他清了清嗓子,"总之,你为什么要录制那枚唱珠?"

牛顿依旧保持着微笑。"说来也怪,人们总是不愿深入思考。"他说,"这是在 CIA 工作的一个人告诉我的。"他给自己又倒了一杯金酒,布赖斯注意到他的手在斟酒时一直在抖,他摇摇晃晃地放下酒瓶,"那枚唱珠根本不是什么安西亚诗歌,它更像是一封信。"

"给谁的信?"

"我的妻子,布赖斯先生。还有我家乡的智者,是他们训练我,让我……过上现在的生活。但愿调频电台偶尔也能放一放我的唱珠,你也知道,只有调频能在星际间传输。不过据我所知,还没有

225

电台播过。"

"那些电台怎么说？"

"哦，就是'再见''见鬼去吧'之类的。"

布赖斯感觉越来越不舒服，他一时间有些后悔没把贝蒂·乔带来。贝蒂·乔身上有一种不可思议的魔力，她能令众人恢复理智，能把艰深晦涩转变成通俗易懂，甚至就连那些难以承受的事情，只要有她在，也会变得可以忍受。但碰巧的是，贝蒂·乔以为自己爱上了T.J.牛顿，所以要是她来的话，场面估计会更尴尬。布赖斯陷入沉默，他不知道该说些什么才好。

"好了，内森——希望你不介意我叫你内森。现在你已经找到了我，你想让我做什么？"在滑稽的帽子与墨镜之下，牛顿摆着一副笑脸，他的笑容似与明月同庚，那根本就不是人类能做出的表情。

面对牛顿的笑，听到对方说话时那种严肃、疲惫又十分厌烦的语调，布赖斯突然觉得十分尴尬。回答问题之前，他给自己倒了杯酒，瓶口无意间碰到水杯，发出叮当的响声。他喝了口酒，仔细打量着牛顿，打量着牛顿的墨镜，绿色的平光镜片把光线完全遮蔽。布赖斯双手捧着透明的塑料水杯，两只胳膊肘杵在桌上，他说："我想让你拯救世界，牛顿先生。"

牛顿的笑容没有变化，他很快便给出了自己的回答："内森，这个世界值得拯救吗？"

布赖斯来这儿并不是为了听对方的冷嘲热讽。"值得，"他说，"我认为值得拯救。不管怎样，我都想好好过完自己这一生。"

椅子上牛顿的身体突然向吧台那边一斜。"埃尔伯特先生,"他喊道,"埃尔伯特先生。"

酒保个子不高,面容憔悴,一脸苦相,他抬起头,从自己的幻想中回过神。"老爹,有什么事吗?"他语气温柔地问。

"埃尔伯特先生,"牛顿道,"你知道吗?我不是人类,我来自另一个星球,叫安西亚,还有,我是乘坐宇宙飞船来的。"

酒保耸了耸肩。"我听说了。"他应道。

"没错,我确实不是人类,真的来自另一个星球,"牛顿说,"哦,对了,我确实是乘坐宇宙飞船来的。"他停顿片刻,布赖斯目不转睛地打量着他——博士惊讶的不是牛顿刚刚说了什么,而是他说话时的腔调:幼稚、孩子气,像个傻瓜。那帮家伙究竟对他做了什么?他们真的只是弄瞎了他的眼睛吗?

牛顿又叫了声酒保,"埃尔伯特先生,你知道我为什么来这个世界吗?"

这一次,酒保连头都没有抬。"不知道,老爹,"他说,"我没听说。"

"是这样的,我是来拯救你们的。"牛顿说的每一个字都清晰入耳,充满讽刺意味,甚至还能听出一点歇斯底里的感觉,"我是来拯救你们所有人的。"

布赖斯看见酒保偷偷笑了一下。对方仍然站在吧台后面,他说:"那你动作最好快一点,老爹。我们需要尽快获救。"

接着,牛顿垂下头,布赖斯不知道他是出于羞愧、绝望还是疲急。"哦，是呀，没错。"他用近乎耳语的声音呢喃，"我们需要尽快获救。"随后，他抬起头，对着布赖斯微微一笑。"你见过贝蒂·乔吗？"他问。

这句话问得他措手不及。"见过……"

"她怎么样了？贝蒂·乔近况如何？"

"挺好的。她很想你。"然后，他话锋一转，"正如埃尔伯特先生所言，'我们需要尽快获救。'你能帮帮我们吗？"

"不能。对不起。"

"就连一点机会都没有吗？"

"没有。当然没有。政府知晓了我的一切……"

"你告诉他们的？"

"我也许会告诉他们，但根本就没有必要。他们好像早就知道了。我觉得我们太天真了。"

"我们？你，还有我吗？"

"你。我。还有远在故乡的我的同胞，那些聪明人……"他轻声唤道，"我们太天真了，埃尔伯特先生。"

埃尔伯特回答问题的声音同样轻柔，"老爹，你说的是真的吗？"听酒保的语气，这份关切似乎发自内心，就好像在这一刻，他真的相信了牛顿说的话。

"你经历了漫长的旅途。"

"是呀，漫长的旅途。我乘坐的是一艘小船。就这样一路航行、航行，持续不断地航行……真是漫漫长路啊，内森，不过大部分时间我都花在读书上了。"

"我知道,但我不是那个意思。我的意思是,来到这里之后,你又经历了漫长的旅途。手中的财富,全新的飞船……"

"哦,我确实赚了不少钱。现在我赚得也很多,比之前还要多。我的钱放在了路易斯维尔,放在了纽约,现在口袋里还装着500,还有政府发放的医保和养老金。我现在是公民了,内森。他们让我成了公民。也许现在我还能拿到失业保险。对了,世界集团仍在持续运营,只是我不再负责管理,内森。世界集团。"

牛顿奇怪的模样与说话方式令布赖斯大为震惊,他发现自己没办法直视牛顿,于是索性低头看着桌子,"你没办法把飞船建完吗?"

"你觉得他们会允许吗?"

"动用你全部的财富……"

"你觉得我还有这个想法吗?"

布赖斯抬头看了他一眼,"唔,那你还想吗?"

"不想。"牛顿的表情突然间恢复了昔日的模样,但比之前更加苍老、更加沉着、更具人性,"或者说,我想,我猜我是真的想吧,内森。但这还不够。还不够。"

"你的同胞怎么办?还有你的家庭?"

牛顿再一次露出诡异的非人微笑,"我想他们应该都会死吧。不过,他们可能会活得比你更久。"

布赖斯接下来的话把他自己都吓了一跳,"牛顿先生,他们弄瞎了你的眼睛,难道也把你的大脑毁掉了吗?"

牛顿的表情没有丝毫变化,"你根本就不知道我在想什么,内森。因为你是人类。"

"你变了,牛顿先生。"

牛顿轻声笑道:"变成什么了,内森?是我进化成了新物种?还是退化成了原始动物?"

布赖斯不知道要如何回应,只好选择沉默。

牛顿给自己倒了点酒,把杯子放在桌上,然后说:"和索多玛❶一样,这个世界注定要毁灭,而我对此无能为力。"他犹豫片刻,"你说得没错,我的一部分大脑已经被毁了。"

布赖斯试图反驳,"那飞船……"

"飞船已经没用了。它必须如期完工才行,但现在时间已经不够了。再过七年,我们两个行星之间的距离就不够近了,它们之间的距离已经变得越来越远。更何况美国政府永远不会允许我建造飞船。即使建造成功,他们也不会让我发射。即使发射成功,那帮家伙也会逮捕乘坐飞船返回地球的安西亚人,可能会把他们弄瞎,还会把他们的大脑毁掉……"

布赖斯喝光杯中的酒,"你说过,你手上有武器。"

"对,我是说过。但我说谎了,我没有任何武器。"

"你为什么要撒谎……"

❶ 索多玛(Sodom):据《圣经·旧约·创世记》19记载,因城中居民邪恶,耶和华降硫黄与大火,将索多玛与另一个罪恶之城蛾摩拉(Gomorrah)一同焚毁。

牛顿身体前倾，小心翼翼地将双肘放在桌上，"内森呀，内森。因为当时我很怕你，现在我也很怕你。自从来到这颗星球，我每时每刻都活在对各种事物的恐惧中，这是一颗怪异、美丽又可怕的星球，拥有各种奇怪的生物、丰富的水资源，还有你们这些人类。我现在很害怕，我害怕自己会死在这里。"

牛顿停顿了片刻，但布赖斯一言未发，于是他继续说："内森，试想一下，跟猴子在一起生活六年是什么感觉。或者想想跟昆虫一起生活是什么样的，跟那些外壳光亮、整日忙碌、毫无头脑的蚂蚁一起生活是什么样的。"

接下来的几分钟，布赖斯的思路变得异常清晰，"牛顿先生，我认为你在说谎。对你来说，我们并非昆虫。一开始也许是，但现在不是了。"

"哦，对，我爱你，没错。我也爱其他一些人。可你们毕竟还是昆虫。不过现在，我可能变得更像你们人类，而不再是我自己。"他像往常一样苦笑道，"要知道，你们人类可是我的研究领域，我这一辈子都在研究你们。"

酒保突然朝他们喊道："你们需要干净杯子吗？"

牛顿喝光自己的酒。"需要，"他说，"给我们来两个干净杯子，埃尔伯特先生。"

埃尔伯特先生拿起一块大号橙色抹布，将桌上的水渍擦干，与此同时，牛顿说："埃尔伯特先生，我终于下定决心了，我决定不去拯救我们了。"

"那真是太糟糕了，"埃尔伯特道，他把干净的杯子放在潮湿的桌面上，"听到这个消息，我很难过。"

"可惜了，是不是？"牛顿在桌子上摸索着，找到换了位置的金酒酒瓶，给自己又倒了一杯，他边倒边说，"内森，你经常跟贝蒂·乔见面吗？"

"是。贝蒂·乔现在跟我住在一起。"

牛顿喝了一小口酒，"像情人那样？"

布赖斯轻声笑道："是，像情人那样，牛顿先生。"

牛顿脸上的表情消失了，布赖斯知道，这是他为了隐藏真情实感而戴上的一副假面具，"是呀，生活总得继续。"

"嘿，你到底在期待些什么？"布赖斯道，"生活当然要继续。"

牛顿突然大笑起来，布赖斯吃了一惊，之前从没见他这样笑过。牛顿用笑得发颤的声音说："挺好的，她现在不再孤单了。她在哪儿？"

"在路易斯维尔的家中，跟她的猫在一起。也许还喝醉了。"

牛顿的声音重回平静，"你爱她吗？"

"不要问这种蠢问题，"布赖斯说，他不喜欢牛顿的笑声，"她是个好女人，跟她在一起我很开心。"

这一次，牛顿淡淡一笑，"不要误会我的笑声，内森。我觉得你们两个在一起是件好事。你们结婚了吗？"

"还没有，不过我正在考虑。"

"一定要娶她，和她结婚，一起度蜜月。你需要钱吗？"

"那不是我还没娶她的原因,不过我确实需要用钱,你打算给我吗?"

牛顿又开始大笑,他似乎特别开心,"一定要给。你要多少钱?"

布赖斯喝了一口酒,"100万。"

"我给你开张支票,"牛顿从衬衫口袋里摸出支票簿,放到桌上,支票本是大通曼哈顿银行❶的,"我之前在电视上看过那个关于100万支票的节目。"他说,"在老家那会儿。"他把支票本推到布赖斯面前,"你填好内容,我来签字。"

布赖斯从口袋里掏出自己的伍尔沃斯❷圆珠笔,在支票上写下自己的姓名,又填好"$1,000,000"这个数字。之后,他郑重其事地写下"一百万美元",把支票簿推回给牛顿。"填好了。"他说。

"你得帮我把手放到签字的地方。"

于是布赖斯站起身,绕过桌子,把笔放到牛顿手中,并在安西亚人签字时稳住笔杆。牛顿写下自己的名字:托马斯·杰尔姆·牛顿。他的手很稳,字迹也很清晰。

布赖斯把支票放进皮夹。"你还记得吗?"牛顿说,"电视上之

---

❶ 大通曼哈顿银行(Chase Manhattan Bank):简称大通银行,大型商业银行,美国金融业巨头之一,合并于1955年。2000年,大通曼哈顿银行与摩根银行合并,成为摩根大通银行。

❷ 伍尔沃斯(Woolworth):美国零售公司,建于1879年,开创了美国廉价商品销售"一元店"模式(英文 five-and-dime store,直译为"五分和十分钱商店")。

前播过一部电影,叫《三妻艳史》❶。"

"不记得。"

"二十年前,我还在安西亚的时候,就是靠电影中那封信的照片学会了英文的书写方式。我们有好几个频道都接收到了那部电影,效果很清晰。"

"你的字写得很清楚,也很漂亮。"

牛顿微笑道:"当然。每件事我们都会做到极致。我们不会忽视任何细节,为了更好地模仿人类的言行举止,我十分勤奋地学习。"他抬起头,面对布赖斯,好像自己真的能看见对方的模样,"结果也是理所当然的,我成功了。"

布赖斯什么也没说,他回到了自己的座位。他觉得自己应该表现出同情或摆出其他什么表情,但他的内心毫无波澜。他只好继续保持沉默。

"你准备跟贝蒂·乔去哪儿?带着那些钱?"

"我也不知道。也许去太平洋吧,塔希提岛。没准儿还会带一台空调。"

牛顿的笑容又变成了月牙般的微笑,那是安西亚人独有的诡异微笑,"然后天天喝个烂醉吗,内森?"

布赖斯有些坐立不安。"可以一试。"他说。他并不知道自己要

---

❶ 《三妻艳史》(*A Letter to Three Wives*):1949年上映的美国电影。

拿这100万美元做什么。一般人可能都问过自己这样的问题：如果有人给了你100万美元，你会做什么？但他从来没有问过自己这样的问题。也许他和贝蒂真的会去塔希提岛，然后在棚屋里喝个酩酊大醉。当然，前提是塔希提岛有棚屋。要是没有的话，他们可以入住塔希提岛的希尔顿酒店。

"好了，祝你们一路顺风。"牛顿说。过了一会儿，他又继续道："我真的很高兴，终于能用这些钱做点什么了。我可是有一大笔钱。"

布赖斯起身准备离开，他感觉很累，而且有点醉了，"难道就没有一点机会……"

牛顿抬起头对他微笑，那笑容比之前更加诡异，墨镜与帽子下面咧开的嘴就像孩童绘画作品中代表笑容的难看曲线。"当然有，内森，"他说，"当然有机会。"

"好吧，"布赖斯说，"谢谢你的钱。"

因为墨镜的关系，布赖斯看不到牛顿的眼睛，但是在他看来，牛顿似乎在望向别处。"来得容易，去得也快，内森，"他说，"来得容易，去得也快。"牛顿的身体开始颤抖。骨瘦如柴的身躯不断前倾，呢帽静静地掉落在桌上，露出他的满头华发。安西亚人将自己的头靠在细长的手臂上，布赖斯看见他在哭。

布赖斯静静地站在一旁，就这样注视着牛顿。然后，他绕过桌子，跪下身，把手臂搭在牛顿背上，轻轻抱住对方，他感受着牛顿轻盈的身体在自己怀中不停颤抖，像一只孱弱的小鸟在极度痛苦地拍打着翅膀。

酒保也走了过来，布赖斯抬起头，听到对方说："我有点担心，这家伙是不是需要帮助。"

"是的，"布赖斯道，"我想你说得没错，他需要帮助。"

译 后 记

易 真

二维世界中，现实与虚拟如两条平行线，相似但不相交。

但人类身处的三维世界，现实与虚构的界线却很模糊，如两团迷雾，你中有我，我中有你。

当现实与虚拟的边境崩塌，站在未来交汇的十字路口，人类将前往何方？

这是我读完本书后，脑子里蹦出来的第一个问题。

《天外来客》诞生于二十世纪六十年代，许多设定在今天看来都稍显"过时"，但相隔六十年，书中"虚构"的情节非但没有随时间褪色，反而变得越来越趋近"现实"。

当现实插上虚拟的翅膀，它会飞向何方？

人类或许是地球上唯一"生"于现实而"活"在虚拟中的生物：童话、寓言、传说——古老的诗篇散发着人性的光辉，幻想的故事蕴含着现实的启示；尚在襁褓中的婴儿已会做梦，虽然梦的形成机制仍是未解之谜，但古今中外的"解梦"之法可谓多样，有人用梦境占卜吉凶，有人将做梦视为某种预兆，有人认为梦与现实相反，还有人更偏"实用"，将"好梦"归为预兆，而"噩梦"都是反的，如此"变通"，令人忍俊不禁。

《天外来客》的故事本身并不复杂，作者借牛顿与布赖斯之口，讨论了许多颇具争议性的话题。考虑到成书的时代背景，这些在当年也都是所谓的"热点"。而且，就连外星人到地球上干的第一件事也是"搞钱"，可见经济工作是一切工作的基础。

于我而言，翻译《天外来客》的过程是一次"反复横跳"的体验，"我"是牛顿，是安西亚人，是坠入地球的伊卡洛斯，是内心矛盾的侏儒怪，是背弃族人的叛徒，是手无缚鸡之力的可怜虫，是征服地球的侵略家，是解放人类的救世主，是一事无成的失败者。

故事的结尾，牛顿哭了，积攒多年的情绪在这一刻完全爆发，释然、轻松，以后，不妨就作为人类的公民继续活下去吧，看看这个星球的未来，究竟会踏上怎样的道路。牛顿的结局，你可以理解为一场悲剧，也可以认为是彻底的解脱，不管怎样，作者想要告诉我们：无节制的发展、大规模的战争、不可逆的破坏……安西亚人的今天就是地球人的明天。而六十年前的预言，如今正在一步步冲破"虚拟"的束缚，迈向"现实"的领域。

布赖斯，作为地球人的代表，因一卷火药纸，将自己的命运与牛顿的命运紧紧拴在了一起。他对牛顿的感情很复杂：既好奇又怀疑，既钦佩又嫉妒，既友好又敌对，既熟悉又陌生……作者为布赖斯和牛顿设计了三场对手戏，可谓精彩纷呈：双方的初次试探，一个疲惫不堪,另一个紧张惶恐,这场程式化的老板员工任职谈话并没有看上去那样简单,怀疑的种子在布赖斯心中发了芽;林间午餐,一个说时内心充满"矛盾",另一个听后脑中全是"疑问";直到最后宾馆摊牌,一个才终于如释重负,但另一个却变得不知所措。

伊卡洛斯从空中坠落的那一刻起,便已经宣告了他溺亡的结局。而牛顿的命运,也早已在进入地球大气层的一瞬间写好,他以为自己不会被发现,以为自己隐藏得很好,但殊不知,这一切都是在"请君入瓮",狡猾的地球人早已布好了天罗地网,只待鱼儿上钩。《天外来客》中没有刺激的大战场面,没有紧张的生死逃亡,没有一个文明对另一个文明的碾压,有的只是平淡的日常,若是把牛顿换作未来穿越而来的人,整个故事也不会有任何违和感,《天外来客》写的是"虚拟",讲的却是"现实"。

"虚拟"世界中,我们可以幻想出完美的乌托邦,任灵魂在其中自由翱翔。"现实"中,无论安西亚人还是地球人,都不得不面临"选择",都不得不做出"选择",一次次的"选择",最终交织成一个人的"命运乐章"。

当现实与虚拟的边境崩塌,站在未来交汇的十字路口,人类将前往何方?

看完《天外来客》,相信每位读者心中都有了一些答案。故事的结尾,不同的人做出了不同的选择,有的选择屈服,有的选择放弃,有的选择欺骗,似乎没有一个人继续坚持,可地球照样运转,太阳照常升起。在"虚拟"世界中,我们通常会将自己代入主人公的视角,并赋予主人公最大的能量与影响，主人公的选择影响着故事的走向，决定着宇宙的命运。但在"现实"世界中，没有这样的主人公，人类的命运走向，取决于每一个人的选择，即使再微小的力量，汇聚在一起，也能够形成巨大的洪流，推动历史前进。

人民是历史的创造者。

就让安西亚人的故事同那些古老的传说一样，化作我们血液中的一滴魂，让"虚拟"的养分滋润"现实"的花朵，引导人类，沿着光明的未来前行。